ヨーロッパ

アイスランド
ノルウェー海
ノルウェー
北海
デンマーク
大西洋
アイルランド
イギリス
オランダ
ドイツ
ベルギー
ルクセンブルグ
リヒテンシュタイン
フランス
スイス
サンマリノ
アンドラ
モナコ
ポルトガル
スペイン
バチカン
地

Fröken Europa

Kerstin Gavander

エヴァ先生のふしぎな授業

シェシュティン・ガヴァンデル
川上邦夫訳

新評論

もくじ

本書は、2004年度秋学期に、全国の５年生に贈り物として配られました。これは、以下の団体の主催によるものです。

・生涯読書推進団体「レース・フォー・リーヴェット／レースルーレルセン」(Läs för Livet/Läsrörelsen)
・学校教師団体「レーラル・フォルブンデット」(Lärarförbundet)
・教科書出版社「リーベル」(Liber)
・製紙会社「アークティック・ペーパー」(Arctic Paper)
・デンマークの印刷会社「ノルホーヴェン・ペーパーバック」(Nørhaven Paperback A/S)

今回の懸賞文学企画は、イエーテボリィ市で開催された「図書と図書館　2002年」で公告されました。審査員は以下の通りでした。

・ベーリット・スクーグスベリィ（Berit Skogsberg）審査委員長
・マリアンネ・フォン・バウムガルテン＝リンドベリィ(Marianne von Baumgarten-Lindberg)
・レオ・グムペート（Leo Gumpert）
・ペール・ヘルストルム（Per Hellström）
・インガ・ヘンリクソン（Inga Henriksson）
・ペール・ウェストベリィ（Per Wästberg）

著者のシェシュティン・ガヴァンデル(Kerstin Gavander)は、2003年秋、『ロッパンと氷の王女（Loppan och isprinsessan)』で作家としてデビューし、注目を集めました。

エヴァ先生のふしぎな授業

パトリックへ
インガとミカエラに感謝を

挿絵：アンデッシュ・ウェステルベリィ（Anders Westerberg）
109ページと131ページの絵は、10歳になるミンナ・ウェステルベリィ＝エークマン（Minna Westerberg Ekman）のもの。

新学年が始まる

私は、去年五年生だったとき、クラス全員で同じひとつの夢を見たのだ、と思わずにはいられません。もちろん、夢というものは一人で見るものです。自分以外には、それがどんなものであったかを正確《せいかく》に話すことはできません。けれども、私たちは、二四人のクラス全員でひとつの夢を見たのです。ですから、それは実際に起こったことであるはずです。ですから、ひとことで言って夢ではなかったのです。

今年のクラスには、デンマークに行ったセルカン、ドイツへ行ったトッベ、スペインで闘《とう》牛士《ぎゅうし》と出会ったカイサなど、五年生のときのクラスメートのほとんど全員がいます。ただ、エヴァ先生だけがいません。担任だったエヴァ先生です。

これから私がお話しようとしているのは、去年、五年生だったときに起こった出来事です。私が、エヴァ先生がここにいてくださるといいなと思うのは、そうすれば、その出来事がたしかに起こったのだと自信をもって言えるからです。エヴァ先生は、どんなことでもきちんと説明することができ、興味《きょうみ》深くお話ができる人でした。ですから、私たちはみんな、エヴァ先生の話を次から次と聞きたがり、そのために机に静かに座っていたのです。エヴァ先生は、本当に信頼できる人でした。ひとことで言って、すばらしい先生でした。

もちろん、今年の担任の男の先生もいい先生です。もの静かで親切です。どこかエヴァ先生に似た雰囲気《ふんいき》があります。けれども、やっぱり違います。私は、誰もエヴァ先生のような先生には決してなれないと思います。それは、はっきりと言えます。

私はペトラスと一緒に家に帰る道すがら、エヴァ先生についてよく話しました。ペトラスは、去年も同じクラスでした。彼は、私のベストフレンドです。とはいっても、去年もそうでしたが、彼が放課後《ほうかご》に一緒に過ごすのは男の友達とばかりですし、私もたいていはマルチナとです。マルチナは今年も同じクラスです。私たちはそうなることを願っていましたから、とても満足しています。

五年生のとき、私はときどき、「六年になっても同じクラスになりたい友達をたった一人だけ選びなさい」と言われたら誰にしようと考えました。もちろん、マルチナを選ぼうと思いました。もっとも、マルチナと仲たがいしていたときにはペトラスにしようと思ったこともありましたが……。その後、私とペトラスは同じクラスになるに違いないと思うようになりました。なぜなら、エヴァ先生はいつも、「あなたたち二人はきょうだいのようね」とおっしゃっていたからです。エヴァ先生は、受け持ちの5Aの生徒の全員について本当によく理解していました。

今年のクラスには5Bや5Cから移ってきた子もいますが、その子たちのことは私はよく知りません。5Aでは、ほとんどのことをクラスのなかだけでやっていました。エヴァ先生がそうしたかったのです。今では、それがなぜだったか私には分かっていますが、五年生になった当時はずいぶん不思議《ふしぎ》に思いました。そのころは、私たちの全員が一人ずつヨーロッパ旅行に送り出されることになろうとは思いもしなかったからです。

「私たち5Aは一つのチームです。私たちだけ！」と、エヴァ先生は言いました。

それは、とても変な気がしました。四年生のときは、4Bや4Cと一緒にいろいろなことをしていたのに、五年生になったらそれがまったくなくなってしまったのです。何もかも、5Aだけでやるのです。私たちだけで！

去年の5Aではヨーロッパ旅行が行われていましたが、それが誰かほかの人に知られたらどんなことになったかしら、と私はずいぶん考えました。もしも私が、あるいはペトラスが、お母さんに話したらとか、クラスの全員で校長先生のところへ知らせに行ったらとかです。

実際《じっさい》にはそういうことは起こりませんでしたが、でも、それはなぜだったのでしょう？

　もちろん、クラスの誰一人としてそんなことを望まなかったからです。そのため、私たちのクラス以外の人は誰もそのことを知ることができなかったのです。それに、私たちはあの廊下《ろうか》の突き当たりにあった狭《せま》くて汚《よご》れた教室が気に入っていて、そこでエヴァ先生がしてくださるお話を聞き、また、ロングドレスに全身を包んだエヴァ先生が、お話をしながら私たちの間をゆっくり巡回《じゅんかい》するのを見ているのが大好きだったからです。

　私は、エヴァ先生のロングドレス姿を見られなくなったことが寂《さび》しくてなりません。机の間をエヴァ先生が行くと、かすかな、気持ちのよい衣《きぬ》ずれの音がしました。エヴァ先生が、誰かの机のかたわらにすらっと立っている姿は、とても親しみ深い雰囲気《ふんいき》にあふれていました。どことなく、『大草原の小さな家』のお母さんに通じるところがありました。

「エヴァ先生のロングドレスが見られなくなって残念じゃない？」と、あるとき私がペトラスに尋ねると、彼は笑いながらこう断言しました。

「男の先生になってよかったよ……。彼女のロングドレスは古くさいなっていつも思っていたしね」

　私はそうは思いません。エヴァ先生にはどこにも古くさいものはありませんでした。５Ａ

にいた者は、誰一人先生のことを古くさいだなんて思わないでしょう。トッペだってです！

「エヴァが担任になって、トッペはまったく別人になったね」

授業参観のあった日、お父さんはどこか満足げに言いました。そして、「エヴァは、実に見事に生徒をつかんでいるよ。とくに、トッペをしっかりとね」と付け加えました。

ペトラスも同じように感じていたに違いありません。彼は、突然《とつぜん》、トッペについて喋《しゃべ》りはじめました。

「エヴァ先生がいなくなって、いちばん大きな痛手《いたで》を受けたのはトッペだと思うよ」

私は頷《うなず》きました。トッペのお父さんは、年がら年中お酒の匂いをさせていて、いつも怒鳴《どな》ったり喧嘩《けんか》をしたりしています。トッペは、家に帰るとそんなお父さんの相手をしなければならなかったのでとても大変でした。

「そうよ、トッペの痛手はものすごく大きいわ！」

けれども、自分の家に帰ってから私は、私自身が心に受けた痛手もトッペに劣らず大きいことに気付きました。それで私は、みなさんにこの話を読んでもらおうと考えたのです。そうすれば、去年、あの教室で起こったことが確信《かくしん》でき、エヴァ先生がいなくなった悲しみを少しでも軽くすることができるかもしれないと思うからです。

エヴァ先生と出会った日

エヴァ先生と初めて出会ったのは、五年生になった最初の日でした。担任の先生が誰なのかを私たちは知りませんでした。四年生のときの担任のベーリット先生はヴェステロース市の学校へ移っていったので、彼女でないことは分かっていました。

八月の初めに、郵便受けに一通の手紙が届きました。そこには学校が始まる日と時間、それに、私たちの教室の番号が書かれていました。私には、その番号の教室が思い当たりませんでした。でも、それが何か特別の意味をもつものとは考えませんでした。教室はどれも同じ広さだったからです。しかも、私たちの学校は小さかったので、それがどこにあるにせよ、すぐに見つけられるだろうと思いました。

初日、学校へは家からはお父さんと一緒《いっしょ》に行きました。ペトラスのところは誰も行かず、いつものように私のお父さんが代理でした。でも、ペトラスと私はきょうだいのようなものですから、私のお父さんはペトラスのもう一人のお父さんでもあるのです。本当のことを言えば、ペトラスにはもうずっと前からお父さんがいません。

手紙に書いてあった番号の部屋にたどりついて、私はびっくりしました。そこは、ノートや鉛筆を取りに来たことのある備品室でした。これまで、教室として使われたことは一度もなかった部屋です。そのうえ、教室として使うのにはあまりにも狭《せま》い部屋でした。寒々《さむざむ》としていました。それに、どの教室にもたいていい残っている前年度の張り紙なども、何ひとつありません。

「これはへんな教室だなぁ……」

お父さんは、何度も口のなかでそう呟《つぶや》きました。

あるお母さんが窓を開きました。閉じ込められているように感じられたからです。ペトラスと私は隣り合わせの机に座りました。私が座った机はすごく低く、膝《ひざ》がつかえました。そのとき、イサベルとカイサが入ってきました。

「えーっ、ここなの⁉　ここが教室⁇」と、イサベルが大声で叫《さけ》びました。

「違うでしょ。ここは備品室よ！」

「教室なんて言えないわよ。ねぇ！」と、カイサが同調しました。

二人は、窓よりの机に座りました。エヴァ先生はいませんでした。そこにいるのは、私たち生徒と親たちだけでした。新学期の初日としてはまったく奇《き》妙《みょう》な光景でした。普通なら、先生は教室のドアのところに立ち、父母とは握手《あくしゅ》をしながら挨拶《あいさつ》し、生徒に対しては自分の名札が置かれた机に座るよう指示するのです。今日は、その名札もありませんでした。

数分後にマルチナが来て、私の隣に座りました。

「ねぇ、汚《きたな》い教室だと思わない？」

マルチナは、ささやくように私に向かって言いました。私は、心からの同感をこめて頷《うなず》きました。

教室は、救いようのないほどみじめなものでした。しばらくすると、ほとんどの生徒が登校してきました。教室はすし詰め状態になり、机と机の間隔《かんかく》は思いっきり狭くなったので、私は腰を浮かせなくても、前の席に座っているセルカンの背中を鉛筆で突くことができました。

最後に登校したのは、やっぱりトッペでした。彼は軍隊《アーミー》シャツを着、頭も短く兵士カットにしていました。とっさにはトッペとは分かりませんでした。あの怖《こわ》い父親は、幸いにもつ

（1）　katedern　キリスト教会では司祭の執務室《しつむしつ》・椅子をさしたが、のちに学校の教壇、教卓に転用されるようになった。古くは、前面と左右の側が板でおおわれた形のものが一般的だったが、現在では、引き出し付きの4脚の机が使われることが多い。

いて来ていませんでした。

「ヒャー、こりゃひどい椅子《いす》だ！」

彼は、体をねじ込むようにして席に着きました。トッペはどんなときにもうるさく騒ぐ子なので、私は彼を素直《すなお》に受け入れる気になれませんでした。でも、今年の椅子がひどいということには同感です。去年は古くても木製でしたが、今年のはプラスチック製のうえに汚い茶色だったのです。

エヴァ先生が姿を見せたのは九時を一〇分も過ぎてからでした。しかも、教室のドアからではなく、カテダン(1)の後ろのグルップルム(2)のドアからでした。

エヴァ先生は、遅れたことを謝《あやま》りませんでした。そして、そのままカテダンの横に立ちました。先生の髪は褐色《かっしょく》で、長く、無造作《むぞうさ》に束ねられていました。目はペッパルコーカ(3)と同じ、濃《こ》い錆《さび》色でした。身に着けたロングドレスはこげ茶色で、襟元《えりもと》には蝶々《ちょうちょう》の形のブローチがついていました。先生はドレスの腰の辺りを整《ととの》えるようし、ブローチにもちょっと触《ふ》れました。それから、私たち生徒を見まわしました。

「5年A組にようこそ」と言うと、エヴァ先生は微笑《ほほえ》みました。目のまわりに小じわが刻《きざ》まれるのがはっきり見えました。

（2）　grupprum　教室に付属する小部屋。スウェーデンの学校では一般的である。

（3）　pepparkaka　小麦粉に砂糖、胡椒《こしょう》、クローブを加えて焼いた菓子。クリスマスには各家庭で焼く習慣がある。

私は、一目見たときからエヴァ先生が気に入りました。普通、先生は学校の始まる日などには、とくに物事を決めるのは自分であることを生徒に分からせようとむやみに厳《きび》しく振る舞うものですが、エヴァ先生はそうではなく、優《やさ》しく話して、とてもよく笑ったのです。ただ、そうしながらも決定権をもっているのは自分だということを、全員にはっきりと分からせました。去年の担任だったベーリット先生は、その点で少し問題がありました。つまり、生徒が授業中に騒《さわ》いだり叫んだりすることがよくあったのです。エヴァ先生にはそういうことはないだろうと、私は確信《かくしん》しました。

エヴァ先生は、私たち一人ひとりを順々に見つめ、名前を聞き、それを自ら繰り返しました。しかし、親たちのほうへはまるで目を向けませんでした。

「クリスティーン。……クリスティーン」

先生は私の名前を繰り返したあと、「ようこそ、クリスティーン!」と言ってにっこりしました。

トッペは名前を聞かれたとき、お決まりのひと騒ぎを起こしました。「ペッレってんです」と答えたのです。

「しっぽのないペッレですか?(4)」

でいたずら好きのモンスとその仲間のビル、ブルから無理難題《むりなんだい》を吹っかけられる。しかし、最後には必ず見事に問題を解決して、モンスたちを降参《こうさん》させる。

エヴァ先生は、間髪《かんぱつ》を入れずに問い返してきました。そのとき、先生は生徒名簿《めいぼ》を手にしていなかったので、私たちの名前は全部すっかり覚えていたのだと思います。教室中が爆笑《ばくしょう》に包まれました。しっぽのないペッレですって……！　トッベは、最初は虚《きょ》をつかれたようにキョトンとして、椅子に座ったままゆらゆらしているように見えましたが、最後には誰よりも大きな声で笑い出しました。

「違うでしょう？」

笑いが静まると、エヴァ先生はトッベに向かって言いました。

「ペッレという子はこのクラスにはいません。本当は何と言うの？」

「トッベです」

「トッベね」と言って、ずっと長いことトッベの顔を見つめました。

「とてもいい名前だわ。ようこそ、トッベ！」

始まりの儀式《ぎしき》がひと通り終わると、休憩《きゅうけい》になりました。

「コーヒーはどこにありますか？」と、カイサのお母さんが尋ねました。

去年は、ベーリット先生が親たちにはコーヒーを、生徒たちにはジュースを用意しました。

「コーヒーですか……」

（4）　Pelle Svanslös　ヨスタ・クニュットソン（Gösta　Knutsson）によって1939年に発表された児童文学作品。1972年までに全12巻が書き継がれた。主人公の猫ペッレは、疑うことを知らない善良な性格であるが、それだけに騙《だま》されやすく、いつも意地悪↗

驚いたように、エヴァ先生は周りを見まわしました。

「コーヒーはありませんが……」

先生はそう言うと、そのままグルップルムのドアを開けて中に入ってしまいました。そして、内側からは鍵《かぎ》をかける音が聞こえました。

私たちの教室

休憩時間を終えて教室に戻ると、エヴァ先生は、カテダンの上に青い表紙の大きなノートを広げて何かを書き込んでいました。全員が席に着くと先生は時間表を配り、それから必ず紙を一枚持って来るようにと言いました。机の収納《しゅうのう》ボックスの底に敷《し》く紙です。机をできるかぎりきれいに使うためのものです。

「そんな必要ねーよ」すかさずトッペが口を挟《はさ》みました。

「できるだけ早く持って来るのですよ」エヴァ先生は繰り返しました。

「あの、ちょっと質問がありますが……」

そのとき、私のお父さんの声が聞こえました。

「どうぞ。何でしょうか？」

エヴァ先生は微笑《ほほえ》んで、お父さんのほうへ顔を向けました。私はというと、自分の顔が熱くなるのを感じました。時間表か何かについて、お父さんが文句を言うと思ったからです。

私のお父さんは、病的《びょうてき》とまでは言えないけれど細かいところによく気の付く人なのです。

「この教室は、小さ過ぎないでしょうかねぇ？」と、お父さんはみんなが心の中で思っていることを言いました。

「小さい？」と言って、エヴァ先生は教室を見まわしました。

「私はほかの教室を見ていないので大きい小さいが分かりませんが……でも、小さいとは思いません」

「それに、とっても汚《きたな》いわ」と言ったのは、何かにつけてひとこと言わないと気がすまないイサベルでした。

「壁《かべ》を見てぇ。穴《あな》だらけだわ」

「絵やいろんな発表なんかを張れば隠《かく》れてしまうわ。去年やったように」とヨセフィーンが言うと、エヴァ先生は感謝《かんしゃ》するような微笑みをヨセフィーンに送りました。

「三つの机が空席のままですが……」

お父さんは、手を伸ばしてそれらを順々に指さしました。私は、誰も座っていない机には気付いていませんでした。

「生徒がもっと増えるのですか？」

もっとのところで、お父さんの声に力が入りました。

「ええ、あと三人増えます」

「それはどうも、受け入れ難《がた》いですね」

すると、ほかの親たちもざわつき始め、「まったく狭《せま》すぎる」などと、お父さんに賛成する声もあちこちで上がりました。

「そうお思いですか？」と言って、エヴァ先生は親しみ深い微笑みをお父さんに向けました。そして、「でも、そういうことにしているのです。ほかにご質問のある方はいらっしゃいませんか？」と言いました。

エヴァ先生の声には、いらいらしたところがどこにもありませんでした。

お父さんは小さな咳《せき》をひとつしました。それから、それまでよりもとげとげしさのない声で言いました。

「このクラスが、これからどんなことをやろうとしているかを聞かせていただければありがたいのですが」

　お父さんは、興奮《こうふん》して顔を赤くしているだろうなと、私は思いました。私には、お父さんがこれからの授業の内容にどれほどの関心をもっているのかは分かりませんでしたが、お父さんが質問したのはきっと、自分は分からず屋ではない、という印象《いんしょう》を残そうとしたのだろうと思いました。

　エヴァ先生は、長いことお父さんを見つめていました。

「私たちは割算《わりざん》をやります。たくさんの本を読みます。そして、たくさんの楽しい宿題をやります」

　お父さんの顔には満足感が浮んだことでしょう。お父さんは、宿題は重要な発明のひとつである、と考えているからです。もっとも、これまでにどんな宿題が出たのかを知りたがることはほとんどありませんでしたが。

「おーっ、助けてくれっ！　宿題はなしだよぉ」トッペはうめいて頭を机にこすりつけました。

　私たちは黙《だま》っていました。トッペがそう言うのはいつものことです。ベーリット先生は、一年かかってもトッペに宿題をやらせることが一度もできませんでした。

「ヨーロッパについてはどうなんですか。勉強することになっているはずですね」

お父さんがまた質問しました。私は、やっぱり、と思いました。お父さんは地理が大好きだからです。エヴァ先生は、何も言わずただ頷《うなず》きました。それから、病気についての調査票《ひょうちょうさ》と自転車に乗るときのヘルメットについて説明しました。すると、またしてもトッペが笑いながら叫びました。

「ヘルメット？　ヘルメットなんて、チビがかぶるもんだよ！」

「静かにしなさい」

トッペは、椅子の上で凍《こお》ったようになりました。エヴァ先生の声が威厳《いげん》に満ちていたからです。それからしばらくして、下校の時間になりました。

「また、明日ね」、私たちを送り出しながらエヴァ先生は言いました。

「今年はいい一年になりそうだ、間違いなく」

アイスクリーム店で列の後ろに並んでいるとき、お父さんが言いました。新学期の初日にアイスクリームを食べるのは昔からの習慣《しゅうかん》です。

「エヴァは、いい先生のようだ」と、店を出てからお父さんはまた言いました。


ログにはもう一種類あり、学校の職員が作成し、全員に無料で配布される、生徒、教師、職員の氏名、住所、電話番号が記載された名簿である。

ペトラスと私はアイスクリームを食べていたので何も言いませんでしたが、二人とも思っていることは同じだと分かっていました。私は、教室が狭く汚《きたな》かろうと、エヴァ先生はまちがいなくいい先生だと確信していました。

5Aだけで！

次の日、ペトラスと私はいつもより早めに学校へ行きました。お父さんの出勤《しゅっきん》に合わせて、途中《とちゅう》まで車で送ってもらったからです。教室にはもうエヴァ先生がいて、去年の学校写真帳(5)に目を通していました。私たちが入ってゆくと、目を上げて「おはよう、ペトラスにクリスティーン！」と言ってから、「名前、間違《まちが》っていないわね？」と確《たし》かめました。

「まちがっていません。もう、全部覚《おぼ》えてしまったのですか？」と、私は聞き返しました。

自分の席に着くと、私たちは机に敷《し》く紙を取り出しました。私は、馬の絵が描かれているのを持って来ました。去年は休んでいた乗馬を、今年からまた始めたからです。ペトラスのは外国の国旗が描かれたものでした。それを目にしたエヴァ先生がこっちにやって来ました。

（5）　通常「スクール・カタログ（skolkatalog）」と呼ばれている。全校のクラスごとの集合写真を1冊にまとめたもので、生徒、担任、副担任の氏名が記載されている。この写真帳は有料で、請け負った業者が作成して希望者が購入する。スクール・カタ↗

「まあ、とてもきれいな紙ね。ヨーロッパの国のばかりね。でも、それで十分だわ」と、エヴァ先生はじっと紙を見つめました。

ペトラスは喜んでいるようでした。彼は本当に国旗が好きなのです。去年のことですが、教室のドアを万国旗《ばんこくき》で飾ったときにペトラスは一〇ヵ国も描きました。それだけでなく、自分から宿題にして家に持ち帰ったほどです。

「去年は、壁《かべ》に国旗をいっぱい張ったんですよ」と、彼はあたかも私の心を読んだかのように説明しました。

「そうなの。それはいいアイデアだわね」と、エヴァ先生は言いました。

私は、教室中を見まわしました。ここが備品室であった名残りがいっぱいありました。三方の壁際《かべぎわ》には棚が残っていますし、床《ゆか》には重い戸棚を引きずった醜《みにく》い跡《あと》がくっきりとついていました。

「ここはきれいとは言えないけれど、私たちはこれで十分楽しい授業ができるわ。あなたたちはそうは思わない？」

ペトラスと私は頷《うなず》きました。もっとも、私は昨日からずっと、できればほかの教室に替《か》えてもらいたいと願っていましたが、それを口にはしませんでした。エヴァ先生がこの教室を選んだのだと分かっていたからです。

「私はこの教室がとても気に入っているの。ここでなら、私たちだけ、５Ａだけで何でもやれますからね。それはすばらしいことだわ！」

私には、エヴァ先生の言うことがよく理解できませんでした。エヴァ先生は、生徒の全員がそろったところで、同じことをもう一度言いました。

「5Bや5Cと一緒に何かをするということは絶対《ぜったい》ありません。５Ａは一つのチームです。私たちだけ！　ね」

私は、それはうまくいかないのじゃないかと思いましたが、口をつぐんでいました。でも、やっぱり、トッベが抗議《こうぎ》しました。彼は、「親友《しんゆう》のビリーがいる5Bにクラスを替えてくれ」と言いました。

「休み時間は5Bも5Cも一緒でしょう？」と、セルカンが質問しました。彼のサッカー友達はほとんどが5Bと5Cにいたので、彼にとってはそれはとても重要なことでした。

「休憩の時間は5Bも5Cも一緒です。トッベはビリーと遊べます。しかし、授業は５Ａだけでやります」エヴァ先生が答えました。

「学校へは勉強をしに来るのです。友達と遊ぶためではありません。休み時間が一緒《いっしょ》かどうかなんて、どうでもいいことだと思います」ヨセフィーンが理屈《りくつ》っぽいことを冷たく言うと、トッペはしかめっ面をしました。

トッペの抗議《こうぎ》は数日続きました。私は、トッペの乱暴《らんぼう》なお父さんは、きっとエヴァ先生に電話をかけたにちがいない、でも、エヴァ先生はくじけなかったのだ、と考えました。

授業は、私たちだけで進んでいきました。そうしているうちに、私は5Aだけというのも悪くないと思うようになりました。大きな、仲のよい家族のような気がしてきたのです。

私たちだけで勉強することについてマルチナは喜んでいました。彼女は、三年生までは今の5Bにいたのでした。そこで、カーチャやリリアンなどの女子生徒から嫌《いや》がらせをされ続けていました。マルチナが私のクラス4Aに移ってきたのは、それが原因でした。だから、私とマルチナはずっと前から知り合いであったというわけではないのです。

そのとき、ドアがノックされました。学校の管理主任《かんりしゅにん》のオーケさんでした。

「余《あま》っている机を取りにきました」

彼は、私たちのほうをチラッとも見ずに言いました。そして、一番後ろの列に並んでいる、誰も座っていない三つの机に向かって一歩を踏み出しました。

「それはご苦労さまです。でも、片付ける必要はありませんわ」エヴァ先生は言いました。

オーケさんは、眉間《みけん》にしわを寄せた目をエヴァに向けました。

「このクラスの生徒は二四人になります。机は、多くもなく少なくもありません」

「えっ、そうですか？　校長先生は、そんなことは何もおっしゃいませんでしたが？」

オーケさんの声は、少しムッとした感じでした。

「ええ、とにかくそうなるのです」

エヴァ先生はオーケさんの肩に手を置いて、ゆっくりと教室の外へ押していきました。

その三人の新しい生徒とはいったい誰なのだろう？　私たちは好奇心《こうきしん》でふくれ上がりましたが、エヴァ先生は何も言おうとはしませんでした。私たちは諦《あきら》めずにたびたび聞き出そうとしましたが、エヴァ先生の答えはいつも同じでした。

「このクラスの生徒は二四人です。多くもなく、少なくもありません」

エヴァ先生の言っていることが正しいということが分かってきました。四日目に、マリアムが加わりました。彼女はイランからスウェーデンへ来たばかりで、スウェーデン語は少ししか話せませんでした。エヴァ先生は私たちに、「ですから、アリアムには特別親切にしてあげてくださいね」と言い、私たちはもちろんそれを約束しました。その翌日にはダンネが来ました。彼は、この町の別の学校へ通っていました。彼は、セルカンやフレードリクに負けないぐらいサッカーが好きだったので、彼らはあっというまに友達になりました。

でも、エヴァ先生はまだ満足していませんでした。「もう一人いなければ、何も始めることができません」と、口を開けば必ずそう言いました。

「始まらないって言うけど、何がなの？」

私たちは口々に尋ねましたが、エヴァ先生はそれには答えませんでした。

「今日は教科書を配《くば》ります」

ダンネが来た日、私たちは英語と算数の教科書と、二冊のノートを受け取りました。私は、エヴァ先生が教室をもう少しきれいで居心地《いごこち》よくしようと提案《ていあん》するのではないかと期待していましたが、何も言いませんでした。

「ヨーロッパの教科書はないの。向こうの学校にはあったけど……？」と、ダンネが聞きました。

「ありません。あなたたちにはヨーロッパの教科書はありません。教科書を使わず、違った方法で勉強します」

それはきっといいことだわ！　私は、四年生で使ったスウェーデンの歴史と地理の教科書がとっても退屈《たいくつ》だったのを思い出しました。

映画を観《み》たり、ヴァイキングのドラマをやったりできればすばらしいのにな！

私が勇気《ゆうき》を出してそれを口にしたとき、エヴァ先生はそっけなく答えました。

「そういうことはやりません。私たちは、まったく別の方法で勉強します。けれども、生徒が二四人にならないうちは始められません」

私は、もう質問をしないことに決めました。時間がたてば、黙《だま》っていても分かってくるでしょうから。

二四番目の生徒

私たちの教室がかなり汚《きたな》いということはもう何度も言いましたが、それとは関係なく、5Aはとても楽しいクラスでした。エヴァ先生は、ベーリット先生とは比べものにならないほどいい先生でした。それで、授業中はいつも静かでしたし、休み時間の喧嘩《けんか》もすっかり影を潜《ひそ》めました。英語の時間には、いつもスウェーデン語でしているような会話をエイゴでするのは本当に面白かったし、算数はびっくりするほど簡単に思えるようになりました。

ペトラスも、エヴァ先生が気に入っていました。四年生のときは教科書を大きな声で読まれることが嫌《いや》でたまらなかったのですが、今では何でもなくなりました。

「ペトラスは、新しい先生とうまくいっているようよ」

お母さんのレジーナが、私のお母さんに言いました。

「クリスティーンもよ」

私のお母さんも満足げに応《こた》えました。二人はきょうだいで、いつも同じことを考え、同じように感じるのでした。一卵性双生児《いちらんせいそうせいじ》だからです。

5Bも5Cも順調《じゅんちょう》な毎日のようでした。この二つのクラスはいつも一緒に行動していましたが、私は別に羨《うらや》ましいとは思いませんでした。ほかのクラスメートもそうでしたが、ただトッペだけは違いました。ビリーと同じクラスになりたい、といつも願っていたからです。

ある日、私はトッペとエヴァ先生がこのことについて話をしているのを盗《ぬす》み聞きしてしまいました。休み時間に、カーディガンを取ってこようと教室に戻ったときでした。少し開いたドアの隙間から、二人の声が漏《も》れてきました。

「ぼくはクラスを替えて欲しいです」

「だめです。それは許《ゆる》されません」

「ビリーと同じクラスになりたいです」トッベが鼻《はな》をすすりました。

次にエヴァ先生が発言するまで、たっぷり一分間の沈黙《ちんもく》が続きました。

「いいわ、やってみましょう。あなたがビリーと同じクラスになれるように！」

トッベの喉《のど》から、「オッ」という音がしました。そこから引き返した私は、今聞いたばかりのことをマルチナに喋《しゃべ》りました。そして、「だから、トッベは5Bにクラス替えよ」と、断定的《だんていてき》に言いました。

「ふーん、クリスティーンはそう思うのね？

私は違うわ。ビリーがこっちに来るのよ！」

「えっ、何だって？」

私は、体がこわばるのを感じました。

「どうしてそう思うの？　エヴァ先生が、自分から進んでビリーをクラスに入れたいなんて思うはずないじゃないの！」

「うん、そうかもね。でもね、エヴァ先生はクラスが二四人になって欲しいのよ。とっても！」

マルチナは、ゆっくりとそう言いました。私は、体が固まってしまいそうになりながらマルチナは正しいと思いました。ビリーが、エヴァ先生が待ち望んだ二四番目になるのだ……。私は、少しも嬉《うれ》しくありませんでした。ビリーは、とてつもなく乱暴《らんぼう》な子だからです。ペトラスは、彼に殴《なぐ》られて鼻血を出したこともあります。

マルチナの正しさはすぐに明らかになりました。翌朝、ビリーはダンネの隣の机に満足そうな顔つきで座っていました。トッペはもう大喜びでした。そして、私たちは知っていてビリーのまだ知らないことをエヴァ先生が説明しようとすると、「ぼくがビリーに教えてやる！」とすぐに大声で申し出ました。

休み時間に、フレードリクとセルカンが、「ビリーには来て欲しくなかった。乱暴者は一人でたくさんだ」と話しているのを私は耳にしました。けれども、エヴァ先生はとても満足そうな様子でした。

「さあ、私たちはようやく二四人になりました。いよいよ、ヨーロッパの勉強が始められます！」

これまで一度も見たことがないほど嬉しそうな表情でエヴァ先生は言いました。

ビリーは、このクラスに移ることを決めた理由については誰にも何も言いませんでした。私の想像では、トッペと一緒のクラスになりたいとずっと思っていて、5Bの担任のレンナート先生との間に約束ができていたのだと思います。ビリーは、授業中は静かで動きまわることもなく、たいていは窓の外を眺めているか、机のふたを上げて中を覗《のぞ》き込んでいました。

エヴァ先生は、そんな彼に注意したり小言《こごと》を言ったりすることはほとんどありませんでした。ビッリーもまた、クラスメートにうるさくすることはありませんでした。エヴァ先生ががっかりしたような表情を浮かべるのは、私たちが宿題をやってこなかったり、授業中にばかなことを言ったりしたときだけでした。

その日、帰宅の途中に、ビリーがクラスを替えた理由をペトラスが教えてくれました。

「それは、エヴァ先生がいい先生だからだよ」ペトラスは言いました。

「えっ、何だって……それ、どういうこと？……」

「間違いないよ、ぼくがビリーから直接に聞いたんだもの。『トッベが、エヴァはとてもいい先生だって言うから、そんないい先生なら』って思ったんだって……。何だかうそみたいだけどね」

私は頷《うなず》きました。そして、トッベが「エヴァはとてもいい先生だ」と言ったというのは本当だろうという気がしました。それよりも意外だったのは、トッベとビリーが一緒に下校するときに、先生の良し悪しについて採点《さいてん》をしているということでした。そんなことはあり得ないように思えたからです。マルチナにこのことを話すと、「そんなの私にも考えられないわ」と言いました。そして、「どんな先生であれ、トッベが先生を好きになったことなんてあったかしら?」と付け加えました。

私とマルチナは、エヴァ先生が担任になって、ベーリット先生のときとは比較《ひかく》にならないくらい学校が面白くなったことを確認《かくにん》し合いました。さらに、乱暴者《らんぼうもの》のビリーとトッベも、たしかにエヴァ先生を好きらしいという点で意見が一致しました。

エヴァ先生には、秘密《ひみつ》がいっぱいあるような気がします。

グルップルム

秘密——。秘密といえば、私は、グルップルムとそれに通じるドアについてお話しなければなりません。私たちの、休み時間の最大の話題はグルップルムでした。つまり、「そこに入ることが禁止されているのはなぜか？」ということでした。学校が始まった日、エヴァ先生はグルップルムについては何も触《ふ》れませんでした。けれども、その翌日にこう言いました。

「グルップルムは使用禁止です。誰も入ってはいけません」

トッベは、それを聞いて怒りました。彼は、四年生のときはいつもグルップルムに入りびたっていたのです。

「どうしていけないんだ⁉　お前のグルップルムじゃねえだろ！」

教室は、水を打ったように静まり返りました。私は、エヴァ先生はきっと怒るだろうと思いました。でも、そうではありませんでした。先生はトッベをじっと見つめていましたが、やがて口を開きました。

「そうです。グルップルムは私の部屋ではありません。私たちは、特別の目的にグルップルムを使おうとしています。それが何かは間もなく分かります」

トッベは、不満そうに頬をふくらませていました。

四年生のときの教室にもグルップルムはありました。さっき言ったように、トッベはそこに入りびたっていました。ベーリット先生は、トッベが怒《おこ》って騒《さわ》ぎ立てるときなどには、グルップルムで一人になるのは彼のためにもいいと考えていたのでしょう。私たちは、それを不公平だと言いました。グルップルムにはソファもあったりして、居心地《いごこち》がよかったからです。私は、グルップルムは誰もが使えるべきだという考えをもっていました。けれども、ベーリット先生にはそれを言いませんでした。ベーリット先生にも一理《いちり》あると思っていたからです。大声で叫《さけ》ぶトッベがグルップルムに入ると、教室は本当に静かになりました。トッベがうるさくするのは毎日で、正確に言えば、一日二回はグルップルムに入っていました。

「前にも言ったように、ここには絶対《ぜったい》に入ってはいけません。その訳《わけ》は、近いうちに説明します」と言ってエヴァ先生は、グルップルムのドアをノックしました。

エヴァ先生は、カテダンの一番下の引き出しから青色のビロードの長い紐《ひも》のついたキーを取り出し、ドアの鍵穴《かぎあな》に差し込んで回しました。鍵をかけたのです。私は、嫌《いや》なことをするなぁ、と思いました。たとえ入ってはいけなくても、鍵をかけなくてもいいのに、という気持ちでした。私たちは、エヴァ先生の言うことをちゃんと理解していました。先生が「絶対に駄目」と言うのなら、グルップルムに入ることは決してないはずです。少なくとも、ペトラスと私とマルチナは！　でも、トッペやビリーもそうかと言われると自信がありませんが。

翌日、体育の時間のあと、エヴァ先生はカテダンの一番下の引き出しから青いビロードの紐のついたキーを取り出しました。

「私たちは二四人になりました。グルップルムについてお話しましょう。この部屋は、ただのグルップルムではありません」と言って、先生はドアをこつこつとノックしました。

「みなさんは、この学年の間にたった一度だけ、ここに入ることができます。入るときには一人で入ります」

それなら、私は入りたくない。それを聞いた瞬間《しゅんかん》、私はそう強く感じたのを今思い出します。

「全員が一人ずつ入るのです。例外はありません！」

エヴァ先生はそう言うと、私の顔に視線《しせん》を向けました。私の心を読んだかのようでした。

「一人ひとりが、その人だけの旅行をするのです」

「旅行だって？　旅行なんてできっこないよ。ぜんぜん狭《せま》いんだから？」トッペが大声で笑いました。

ダンネ、ビリー、フレードリク、そのほかの生徒も笑いました。私は、身の毛がよだつような気がしました。ほかの子どもたちも恐怖《きょうふ》を感じているように思えました。

「そうです。その人だけの旅行をするのです。時間と空間を超《こ》えた旅行をします」

先生は、トッペの発言が聞こえなかったかのように話を続けました。みんなは黙《だ》ったままでした。

「このグルップルムにはソファがあるの？」と、突然《とつぜん》トッペが質問をしました。四年生のときのグルップルムを思い出しているのだわと、私は想像しました。

「自分の目で確かめなさい。本当のところは私も知りません」

「知ってるくせに！　休み時間にいつも入ってるじゃない！」

トッペが追及《ついきゅう》しましたが、エヴァ先生はこれには答えませんでした。

「旅行先は、全員別々の場所です。最初に行きたいと思う人はいませんか？　ただ、前にも言ったように、旅行ができるのは一度だけです。トッペ、あなたはどう、一番に行ってみますか？」

「うん、行く。その間は学校が休めるもん！」

言い終わる前にトッベは立ち上がり、グルップルムに向かって歩きかけました。

「待ちなさいトッベ！　旅行は明日です。今日はまだできません」

エヴァ先生は、トッベを席に着かせました。

トッベは、今すぐ行きたいとぐずりましたが、私は、今日から始まらなくてよかったと思いました。私は、エヴァ先生が言ったことの全部を、ちゃんと筋道《すじみち》を立てて理解する時間が必要だと感じていたのです。明日までであれば、十分それができます。

「では、明日はトッベが旅行をします」

この日、下校する前に、私たちが聞いたエヴァ先生の最後の言葉はこれでした。

エヴァ先生の不思議《ふしぎ》

トッベの旅行についてお話をする前に、読者のみなさんにどうしても知っておいて欲しいことがあります。それは、エヴァ先生は決して教室を離《はな》れないということです。みなさんはきっと、「そんなばかなことがあるものか。あなたがただそう思うだけだろう」と言うにちがいありません。私が見ていないときに教室から離れるのだと。でも、違います。エヴァ先生は、教室を離れたことが一度もないのです。

それに気付いたのは、学校が始まってしばらくたってからのことです。最初の日、私たちが教室に着いたとき、エヴァ先生はすでにそこにいました。それは、どの先生でも同じです。でも、正確に言えば、エヴァ先生がいたのは教室ではなく、教室とつながっているグループルムでした。

そうは言っても、ラスト・ヴァクト(6)には出るだろう、とみなさんは思うでしょう。いいえ、エヴァ先生は決してラスト・ヴァクトをしません。ラスト・ヴァクトは全部の先生がやるわけではなく、エヴァ先生はやらない先生の一人だったのです。ですから、運動場にいる姿を一度も見たことがありません。

給食も生徒と一緒には食べません。四年生のとき、ベーリット先生は生徒と一緒《いっしょ》でした。私とマルチナは、よく先生と並んで座っていろいろとお喋《しゃべ》りをしました。エヴァ先生は、一度も食堂に入りませんでした。

「私は毎日、お弁当を持って来るのよ」

トッペが質問したとき、先生はそう答えました。

(6) rastvakt 「ラスト」は「休憩」、「ヴァクト」は監視《かんし》。休み時間中に校庭で遊ぶ子どもを見守ること。

それを聞いてトッペは安心しただろうなと、私は思いました。エヴァ先生が食堂について来ないことが分かれば、悪いことをしても叱られる心配がないからです。トッペは、五年生が始まったばかりのある日のこと、食堂の植木鉢《ばち》の花に、水の代わりにミルクをかけたことがありました。

「お前、何すんだよ！」と、セルカンが怒鳴《どな》る間もなく、それを見ていた食堂のおばさんがすっ飛んできました。その人はシグネさんという名前で、いつもかも生徒にガミガミ言っている人でした。そのとき、シグネさんの白い顔は怒《いか》りで赤くふくれ上がっていました。そのシグネさんが、マッシュポテトをすくう柄《え》の長いお玉杓子《たまじゃくし》を引っつかんでトッペに向かって突進していくとき、その場にいた私たちは間違って叩《たた》かれないようにあわてて道をあけました。

「あたしと一緒に来なさい!!」トッペはシャツの胸《むな》ぐらをつかまれました。

「子どものギャクタイだーぁ」

トッペは、締《し》め付けられるような声で叫びました。シグネさんは何も耳に入らないかのように、トッペを食堂の外へ引きずっていきました。数人の男の子がそのあとを追いかけましたが、シグネさんに追い払われてしまいました。

　私たちが教室に戻ると、エヴァ先生はカテダンのところにいつもと同じ優《やさ》しい表情で座っていました。

「トッベはどこにいるの？」と、ウッレが尋ねました。

「今日はもう家に帰しました。トッベは食堂でばかなことをしたのです。みなさんは知っているでしょ？」

　私たちは頷《うなず》きました。フレードリクが、おどけた仕草《しぐさ》をまじえて起こったことを話しました。「トッベがしたことは、とてもいけないことだわ」と、エヴァ先生は頷きながら言いました。それから、大きな茶色の革鞄《かわかばん》からミカンの入っているビニール袋を取り出すと、みんなに一つずつ配りました。今まで食べたうちで一番おいしいミカンでした。食べ終わったときには、トッベの悪戯《いたずら》のことはすっかり忘れていました。しかし、エヴァ先生はそれを忘れてはいませんでした。翌日、トッベが登校すると先生は、「私たち生徒だけで給

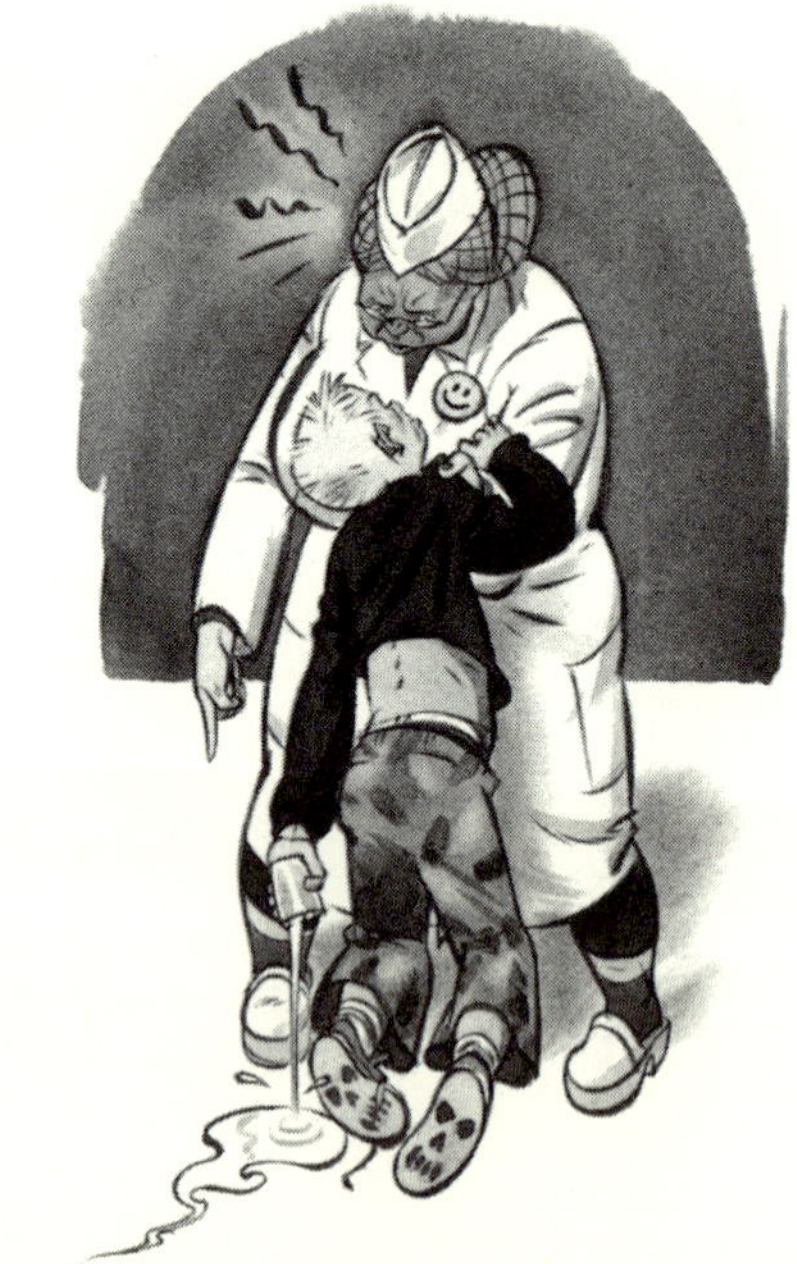

食を食べることはもう続けられない」と言いました。

「ラグナルさんが、毎日、みなさんに付き添《そ》います」

「どうして先生が来ないんだい？　そのラグナルちゅう人じゃなくて？」と、トッベが即座《そくざ》に聞き返しました。

「私は、ほとんどの食べ物にアレルギーがあるので毎日お弁当なのよ」

「それだって……おれたちと座っているだけなら大丈夫だよ」

トッベは、しばらく考えてから言いました。その声は、少し悲しげでした。昨日のことを後悔《こうかい》しているようでもありました。エヴァ先生にもそう聞こえたのでしょう。先生はトッベのところへ行くと、トッベの頭に手を置きました。

「それもだめなの。食堂へ行って座っているだけでも」

このときでした。私たち生徒の全員が、何かが隠《かく》されているという強い疑《うたが》いをもったのは！　それに間違いありません。でも、私たちは何も言いませんでした。私たちが食堂へ行っている間にエヴァ先生は教室に残っている、ただそれだけのことでしたから。それに、私たちには、それを受け入れる以外の選択《せんたく》はなかったのです。その日のフルクト・ストゥンド(7)に、ラグナルさんが廊下《ろうか》に現れました。二〇歳ぐらいの男性で、先生になるための実習をし

（7）　fruktstund　「フルクト」は「果物」、「ストゥンド」は「短い時間」。生徒が自宅から持参した果物を休み時間に食べることはスウェーデンの学校では一般的であるが、給食の時間のようにきちんと決められてはいない。

ている人でした。エヴァ先生は彼を教室に招《まね》き入れると、「これが私のクラス。どうです。すてきな少年少女ばかりでしょう」と言いました。

ラグナルさんは、ちょっと戸惑《とまど》ったような表情になりました。きっと私たちのことを、どこにでもいる子どもと大差ないのに、「すてきな少年少女」だなんてこなれない言葉で呼んだからにちがいありません。けれども、すぐに同意を示すように頷き、にっこり笑いました。大きな二本の前歯の間には広い隙間がありました。その隙間のためにラグナルさんは親切そうに見えましたが、同時にちょっと醜《みにく》い感じもしました。

「エヴァさんは、ぼくがこの少年少女子と昼食をとることをお望みなんですね」と言うと、ラグナルさんは腕《うで》を後ろに回して組み、私たちを見まわしました。

「ええ、そうです。一緒に食べて欲しいのです。いいですね」

「もちろんです。ところで、少年少女子は全部で何名ですか?」と言って彼は、ジーンズのベストのポケットから手帳を取り出しました。

「二四人。このクラスは二四人です」

そう答えるエヴァ先生があまりにも誇《ほこ》らしげでしたから、私は今にも笑い出しそうになりました。ラグナルさんも、私と同じように感じたのでしょう、

(8) 「ユートフリュクト(utflykt)」が原語。一般的には、楽しみのための日帰り程度の小旅行をいうが、学校では、遠足、自然観察、社会見学、芸術鑑賞などの校外活動をさす。

「二四名ですか。ふむ、ふむ、二四名ね……」と、微笑《ほほえ》みながら言いました。

こうして、エヴァ先生が食堂へ行かない理由を気にする者はいなくなりました。けれども、エヴァ先生が教室の外に出ないことが生み出すもっと重大《じゅうだい》な問題がありました。体育の時間や校外活動(8)です。教室から出ずに体育の授業ができるでしょうか？

五年生になって最初の体育の時間はオリエンテーリング(9)でした。エヴァ先生は私たちに、「自分は付いていかない。教室に残って、5Aと5Bの英語のテストの採点《さいてん》をしている」と言いました。ほかのクラスとは一緒に勉強をしないはずだったので、私たちはとても驚きました。しかも、エヴァ先生は答案用紙を取り出すとさっさと採点を始めたので、呆気《あっけ》にとられました。

オリエンテーリングに付き添ったのは、5Bの担任のレンナート先生でした。その後の体育の時間は、いつもレンナート先生が受け持ちました。エヴァ先生は、何かほかのことでレンナート先生にお返しをしたのだと思います。

校外活動のほうは、そんなに頻繁《ひんぱん》にあったわけではありませんがもっと問題でした。「エヴァは行かないんだって？」と、お父さんはびっくりしました。私たちが技術博物館へ行くことになったとき、「お父さんが連《つ》れてって」と私が頼んだのです。

（9）orientering　特別につくられた地図上に示された複数のチェックポイントを、全部経由してゴールするまでの時間を競う競技。近年では、スキー、マウンテンバイク、自動車による競技も行われている。

「エヴァ先生は行けないの。お父さんは技術のことよく知っているでしょう。お願い！」

お父さんは、「困った先生だなあ」と口の中で言いながらも承知してくれました。それで、技術博物館行きは、お父さんの付き添《そ》いによって実施《じっし》されました。映画鑑賞の日の付き添いはマルチナのお母さんでした。雨の降る広場でクッキーを売った日に私たちに付き添ったのは、セルカンのお母さんでした。

私たちは、エヴァ先生が外に出ないことについて友達同士ではあまり話しませんでした。先生にはやらねばならないことがいっぱいあって忙しいのだ、と推測《すいそく》していました。たしかに、下校のときなどに途中《とちゅう》で振り返ってみると、エヴァ先生が教室の窓辺に立って私たちを見送っていることがたびたびありました。でも、本当のことを言えば、私は、先生は教室で何をしているのだろう、と不思議《ふしぎ》に思っていたのです。

最初の旅行

「最初に旅行に行くのはぼくだ！」と言っていたのはトッペでした。でも、そうはなりませんでした。代わって一番に出掛けたのは、トルコから来たセルカンでした。あの、サッカーばかりやっているセルカンです。

「いいでーす。あとに取っておきまーす」

エヴァ先生が、「トッペは行くと言っていましたね？」と声をかけたとき、トッペは聞き取れないほど小さな声でこう答えました。トッペは怖《こわ》くなったのだわ、と私は思いました。

「誰か、行きたい人はいますか？」

エヴァ先生は、トッペにはかまわずみんなに向かって尋ねました。

「はいっ、ぼくが行きます！」

セルカンが勢いよく手を挙げました。私は、チラッとマルチナに目をやりました。マルチナはセルカンが好きだったからです。今はもう剥《は》がしてしまいましたが、少し前まで、左の腕にハートにSと書いたタトーを張りつけていたほどでした。

セルカンが手を挙げたのを見ても、私たちは驚きませんでした。セルカンは、何であれ一番であることが好きな子だったからです。

エヴァ先生は、微笑んで彼を見やりました。セルカンは立ち上がり、先生のところに歩み寄りました。先生は、カテダンの一番下の引き出しからグルップルムのドアのキーを取り出すと、青いビロードの紐《ひも》をセルカンの首に掛けました。キーはとても長くて、銀色をしていました。そのふくらんだ先端《せんたん》には渦巻《うずま》き模様《もよう》が付いていました。おじいさんの書斎《しょさい》の机のキーに似ていました。

ちょうどそのとき、グルップルムのドアがノックされました。内側からです。おおっ！と、教室がどよめきました。

「ノックしてるぞ！」

トッペは、叫びながらドアに駆《か》け寄ろうとしましたが、エヴァ先生が押しとどめて席に着かせました。

「誰だろう？　先生、誰なの？」ビリーも叫びました。

「もうすぐセルカンが会う人です」と、エヴァ先生は答えました。

グルップルムのドアはそこだけです。ノックした人は、そこにいつからいたのでしょう。私たちが登校する前からだとしたら、もうずいぶん長くいることになります。

「あなたは、グルップルムに入ったらドアの鍵《かぎ》を中からきちんとかけるのよ」

エヴァ先生は、なおも鳴り続けるノックの音には少しもかまわず、重々しい口調でセルカンに言いました。

「部屋の中は真っ暗です。でも、怖《こわ》がる必要はありません。あなたの旅行の付き添いがいますから」

「それは誰ですか？」

セルカンの顔には不安が浮かんでいました。

「とても親切な小さな人です。あなたはその人に、私からの『おねがい』を間違いなく伝えなければなりません。あなたはこう言うのです。『**エヴァはあなたに望んでいます。往きも帰りも旅行の間も、私にいつも付き添《そ》っていることを**』」

「一語も間違えずに、この通りに言うのですよ。覚えられましたか？」

エヴァ先生は、厳《きび》しい表情でセルカンを見つめました。セルカンは頷《うなず》きました。片方の手は、ビロードの紐《ひも》をギュッと握っていました。

「では、言ってみてください」

「**エヴァはあなたに望んでいます。往きも帰りも旅行の間も、私にいつも付き添っていることを**」

セルカンは、呪文《じゅもん》のように唱《とな》えました。

「そう。正しく言えましたね。では、次はこれ。あなたが旅行の間はいつも身に着けていなければならないものです」

エヴァ先生は、茶色の革鞄《かわかばん》を開くと、バンドのついた腕時計を取り出しました。奇妙《きみょう》なことに、それには文字板がなく、ガラスの中にはとっても小さい砂時計がはめ込まれていました。

「これは何ですか？」と、セルカンが聞きました。

「時計です。あなたが帰ってくる時間を教えてくれる時計です。砂が落ちきってしまう前に帰ってこなければなりません。学校も、その時間に終了しますから。私の言うことが分かりますか？」

エヴァ先生は、前よりももっと厳しい表情になりました。セルカンは、大きくゆっくりと頷きました。

エヴァ先生は壁の時計に目をやると、砂時計の入った腕時計を手に取って小さなネジを巻きました。それから、セルカンの手首にしっかりと取り付けました。

「いい旅行になるよう祈っているわ！　中に入ったらドアに鍵をするのよ。私たちはここで、あなたの帰りを待っていますからね。時間を忘れないでね！」

セルカンは、一度私たちのほうに顔を向けました。何かを言いたそうでしたが、何も言わ

ず、ちょっとあわてているように、グルップルムの鍵穴にキーを差し込んで回してドアを開き、中に入ってドアを閉めました。そして、すぐにドアの鍵が内側からかけられる音がしました。私は、いっそう鋭《するど》く聞き耳をたてましたが、グルップルムの中からはもう何も聞こえませんでした。

「みなさん、セルカンは旅行に出かけました」と、エヴァ先生は私たちを見まわしながら言いました。私たちの目は、先生に釘付《くぎづ》けになっていました。旅行に出かけただなんて！　先生は本気で言っているのかしら？

「先生！　セルカンは、い、いつ帰ってくるのですか？」

ペトラスが手を挙げずに発

言しました。

「セルカン？……えぇ、そのうちに分かります……」

　エヴァ先生の声は、どこか気の抜けた響《ひび》きでした。私は何かを言いたいと思いましたが、何を言ったらよいか思い付きませんでした。生徒たちは、全員がグルップルムのドアを見つめていました。その奥《おく》は、ただしーんとしていました。

「みなさんは、デンマークについて何か知っていますか？」

　ひと呼吸おいて、エヴァ先生が問いかけました。

「国旗の色が赤と白です」

　すぐに答えたのはヨセフィーンでした。

「アンデルセンはデンマーク人です」と、ペトラス。

「レゴランドは、ユラン（ユトランド）半島にあります……フュン島だったかなぁ？」と、トッペ。

「ユラン半島が正解です。ユラン半島のビルン村に住んでいた一人の大工さんがレゴを発明しました。ですから、レゴランドはこの半島にあります」

「スウェーデンがデンマークの一部だったことがありますが、みなさんは知っていました

ウェーデンの王位についた。しかし、スウェーデンは３年後には独立を達成し、1523年６月６日、グスタフ・ヴァーサ（Gustav Vasa，1496～1560）がスウェーデン各地域の領主によって国王に選出された。

か？」

「はい。クリスチアン専制王《せんせいおう》の時代です。クリスチアン王はデンマーク人で、グスタフ・ヴァーサ王の一つ前の王です(10)。」と、ヨセフィーンが答えました。

「その通りです。私たちが六月六日を『ナシオナル・ドーグ（建国の日）』として祝うのは、この日にグスタフ・ヴァーサがスウェーデン王として即位《そくい》したからです」

「そのころ、スウェーデン、ノルウェー、デンマークの三国の王妃《おうひ》だった人がいました」と、ヨセフィーンが続けて言いました。「その王妃様は、マルガレータ(11)という名前でした。今のデンマークの王妃様も同じマルガレータです」と、エヴァ先生は頷《うなず》きました。


エヴァ先生が続けました。

「同じじゃないよ。今の王妃の名前の綴《つづ》りの最後は『e』だけど、昔の王妃は『a』だもの」と言ったのはトツベでした。

「そうですね。デンマーク語では、そういうことがよくあります。デンマーク語とスウェーデン語には共通の言葉がたくさんあります。たとえば、『ブリッレル』。これはどういう意味か知っている人はいますか？」と、エヴァ先生が質問しました。

「メガネっ！」と、ビリーが叫《さけ》びました。

（10）　デンマーク、ノルウェー、スウェーデンの3国は、1397年から、デンマーク王のもとに3国連合を形成していた。クリスチアン専制王（Kristian Tyrann，1481～1559　スェーデンでは、クリスチアン2世と呼ばれた）はその最後の王で、1520年にス↗

「おお、すばらしい！」

エヴァ先生はビリーに笑顔を向けました。

「デンマークに行ったことのある人？」

生徒の半分以上が手を挙げました。

「自転車休暇(12)に、サイクリングで行きました」と言ったのはリーナでした。彼女はガールスカウトに入っていて、休暇にはいつも、サイクリングとか山岳地帯のトレッキングなどの活動をしていました。

「デンマークでは、多くの人々がサイクリングをします。デンマークは、国全体がとても平《へい》坦《たん》ですからね」と、エヴァ先生が説明しました。

「地図を見るとデンマークは小さな国のようですが、本当は大きな国なのです。世界で最大の島がデンマークに属《ぞく》しています。何という島か知っていますか？」

「グリーンランド！」と言ったのは、またビリーでした。

「そうです！」、エヴァ先生は壁の高いところの鈎《かぎ》に世界大地図を掛けると、下に引くようにして開いてグリーンランドを指さしました。

グリーンランドではなく「ホワイトランド」と呼ぶほうがぴったりなのになと、私は思い

後デンマーク王に即位《そくい》させ、また夫マグヌッソンの死後にノルウェー王につけ、自らはウーロフの後見人《こうけんにん》として両国の政治を支配し、さらにウーロフの死後は両国の王妃として君臨《くんりん》した。

ました。とても寒い所だと知っていましたし、地図も白く塗《ぬ》られていたからです。それから、一人ひとりにデンマークの地図が配られました。そこに、都市や川の名を記入するのです。高い山は一つもありません。最高峰《さいこうほう》といっても低い丘なのです。

私が、たくさんある島の一つに「シュラン」という名前を書き込もうとしたとき、グルップルムのドアに内側からキーが差し込まれる音が聞こえました。何人かの子どもがすぐに立ち上がりました。「座っていなさい」。エヴァ先生はそう言いながら、ドアに向かった男の子たちを押し返しました。

キーが回される音がして、把手《とって》が下方に押し下げられました。セルカンが姿を現しました。髪の毛がひどく乱《みだ》れていました。シャツも背中にしわが目立ち、横になって眠っていたのではないかと思われるほどでした。キーは首に掛けられたままでした。エヴァ先生は、まずそれを外してドアに鍵《かぎ》をかけました。

セルカンは一言も口をきかず、黙《だま》ったまま手首の時計を外《はず》しました。砂時計の砂がまだ残っているのが見えました。彼は、それをカテダンの上の鉛筆削り機の横に置きました。エヴァ先生は、それを革鞄《かわかばん》にしまいました。それから、キーをカテダンの一番下の引き出しに戻しました。先生は、グルップルムのドアの把手をがたがたいわせて鍵がかかっているのを

(11)　Margareta（1353～1412）　デンマーク王ヴァルデマール４世の子。10歳のとき、スウェーデン王マグヌス・エリクソンの子でノルウェー王であったホーカン・マグヌッソンと結婚した。22歳のときに出産した息子ウーロフを、父ヴァルデマールの死↗

確《たし》かめました。鍵はちゃんとかかっていました。そのあと、エヴァ先生はセルカンを検査《けんさ》するように眺《なが》めまわしました。

「旅行はうまくいきましたか？」

セルカンは、先生が何を言ったのかすぐには分からなかったようでしたが、ひと息おいて、大きくゆっくりと頷《うなず》きました。それから、乱れた髪をかきあげました。

「すごく面白かったです。でも、どうしてあんなことが起こったのか、よく分かりません」

私たちは、セルカンをじっと見つめました。そして、セルカンが言った言葉の意味を考えました。セルカンは本当に「旅行」をして来たのだろうかと。

「うそだろっ！」と、トッベが立ち上がって大きな声で叫びました。

「グルップルムの中で寝ていただけだろっ⁉　お前が見たのは……」

「静かになさい、トッベ！」エヴァ先生は、トッベを椅子《いす》に座らせました。

「だけど……どうやって……どうやって旅行できたの、セルカン？」と、イサベルが尋ねました。

「ぼくにもよく分からないんだ」

セルカンは、カテダンにもたれかかるようにしました。そして、鉛筆削り機のハンドルを

(12)　cykelsemester　自転車休暇は夏季休暇（６月上旬～８月中旬）、クリスマス休暇（12月20日～１月６日）のような制度的なものではなく、夏季休暇などにサイクリングを中心とした数日を過ごすときにこう呼ぶことが多い。

二、三度回しました。教室中が静かになりました。

「グルップルムの中はとても暗くて、何がどうなっているのかよく見えなかったよ……」

セルカンは、呟《つぶや》くように言いました。

「でも、壁の下のほうに床《ゆか》とくっついて一つの小さなルッカン（木の扉）があって、ぼくはそれを開けて中へ頭からもぐり込んだんだ……」

「セルカン、あなたはたった一人でしたか？」と、エヴァ先生がかすれたような声で不安そうに聞きました。

「いいえ、グルップルムには子どもが一人いて、ぼくを待っていました。マッズという名前でした」

「子どもがいたのっ⁉　グルップルムに？」トッペでした。

「髪は褐色《かっしょく》で、とても美しい青い目？」

エヴァ先生がうっとりした声でいったのを聞いて、私たち全員は驚いて先生を見つめました。

「ど、どうしてそんなことを知ってんだよぉ、先生は？」と、トッペが引きつった声で聞きました。

「先生、どうしてそれを知ってるの？」と、セルカンも聞きました。

エヴァ先生は、肩をすぼめるとだまってカテダンに戻り、そこに腰を下ろしました。

「マッズだって？……マッツじゃないの？」と、ビリーが聞きました。

「マッズだったよ。立って、ぼくを待っていたんだ」と、セルカンが答えました。

「マッズは、どこからグルップルムに入ったのかしら？　ここ以外にドアはないのに……」

マルチナが、考えながら言いました。

セルカンは、マルチナを見つめました。「ぼくは知らないよ。さっぱり分からない」と言うと、セルカンは肩をちょっともちあげる仕草《しぐさ》をしました。

「そのルッカンからだよ」

ペトラスが断定的《だんていてき》に言うと、全員がいっせいにペトラスのほうへ顔を向けました。私は、その子がルッカンからグルップルムに入ったのだなんて……ペトラスは自分がどんなに馬鹿げたことを口にしたのか分かっていないのだと思いました。するとトッベが、私が思ったのと同じようなことを言って笑いました。

「ペトラスは、自分でもそんなことあり得ないと思ってんじゃないの？」

すると、セルカンがいきなり怒《おこ》り出しました。心の底から怒っているようでした。

「どうやったらそうなったのかぼくにも分からないけど、ぼくはまちがいなくデンマークに行ってきたんだ！　ぼくは、うそなんか言ってないぞ！」

教室は、水を打ったように静まり返りました。セルカンはうそをつくような人ではありません。今までに、セルカンがうそをついたことがあったでしょうか？

「君がぼくたちを騙《だま》しているなんて思わないよ」

少したって、ペトラスが言いました。そして、「ぼくも」とフレードリクが続きました。「私もよ」と、マルチナもしっかりした声で言いました。それから、全員が口々に「セルカンがうそを言うとは思わない」と言ったあと、みんなは黙《だま》ってしまいました。かなりたってから、エヴァ先生がこう言いました。

「私たちの周りには、簡単には説明できない物事がいろいろあります。人間は、たとえ何かが完全に理解できなくても、それを信じることはできます」

それから、「セルカンは人を騙《だま》す子ではありません。私はよく知っています」と付け加えました。

私たちはエヴァ先生を見つめて、先生は何を言おうとしているのだろうと考えました。

「先生も、その……ルッカンを……使ったことがあるんですか？」と、トッベは疑《うたが》わしげな声で質問しました。

「その質問には答えられません」エヴァ先生は静かに言いました。

「それはともかく、みなさんはセルカンがうそをついていないことは信じますね？」

みんなは強く頷《うなず》きました。

「では、セルカンの旅行の報告《ほうこく》を聞くことにしましょう。ちょうど、その時間がきたようですから。みなさんも聞きたいでしょう？」

私たちは、「聞きたい」と声を揃《そろ》えて叫びました。すると、「オーケイ」と言って席に着いていたセルカンが立ち上がりました。

「ぼくをグルップルムで待っていてくれたマッズは、ものすごくいい奴《やつ》だったです。マッズは、コペンハーゲンに住んでいるんです。ぼくたちはオアスンド橋を渡っていきました。知っているだろ、スウェーデンとデンマークをつないでいる橋だよ。マッズのお父さんは、この橋の建設にかかわったんだって」

私たちは頷きました。

「長さは一六キロメートルで、デンマークで一番長いベルト橋と同じぐらいです。完成したのは二〇〇〇年です」と、セルカンが続けました。

「ヨーロッパは、ずっとスウェーデンに近づいたということですね」

エヴァ先生は、満足げに言いました。それから、先生がしばらくデンマークについて話をしました。スコーゲンはユラン海岸の小さな村なのに、光線がとても美しいので多くの芸術家たちが訪れる場所でした。先生の話を聞きながら、私はノートにデンマークの旗を描いて色を塗《ぬ》りました。セルカンも机に座ってノートを開いて、何かを書き込んでいました。

エヴァ先生の話が終わると、セルカンがアンデルセンの童話をもとにつくられた人魚姫の像《ぞう》について話をしました。その頭部は、二度も壊《こわ》されたのだそうです。

「最初のときは見つかったけれど、二度目のときは見つからなくて新しくつくったのです」

セルカンは、この話は全部マッズから聞いたのだと言いました。

エヴァ先生は古ぼけた一冊の本を取り出すと、『マッチ売りの少女』の話を読み始めました。アンデルセンの作品です。私は、すでにこの作品は読んで知っていましたが、そのときも少女がかわいそうでなりませんでした。

「生きてゆくということは、とても辛《つら》いことだわね」

本を閉じて、エヴァ先生は呟《つぶや》くように言いました。

「では、これで今日は終わりです」

先生は、本を茶色の革鞄《かわかばん》にしまいました。それから、グルップルムのドアの前に立ちました。

「家に帰る前に、みなさんに約束して欲しいことが一つあります」

私たちは、体を硬《かた》くして先生を見つめました。その声がとても重々しかったからです。

「セルカンの旅行については、家では一言も喋《しゃべ》ってはいけません」

エヴァ先生はグルップルムのドアにもたれかかるように立って、私たち一人ひとりの目を順々に見ていきました。その目が私のところに来たとき、私は体が震《ふる》えました。

「もし、誰か一人でも喋ったりしたら……このドアの働きは失われてしまいます。分かりましたね」

それから、エヴァ先生はグルップルムのドアを開けました。そして中に入ると、ドアを閉めて鍵《かぎ》をかけました。

帰り道で、私とペトラスがセルカンの旅行のことを話題にしたのは言うまでもありません。私たちの誰もが、何が起こったのかを理解できなかったのです。

「そんなことって不可能だわ！　映画だけよ、そんなことが起こるのは！」と、私が言うと、ペトラスも同意しました。

「でも、セルカンがつくり話をしているとも思えないんだよ。そんなことをする奴《やつ》じゃないもの」

それについては、私も認めないわけにはいきませんでした。とにかく、いかに信じがたかろうと、私たちはセルカンを信じよう、というのがその日の結論でした。

「たった一日にしては、ずいぶんたくさんのことを勉強したんだなぁ。お前たちはどんな教科書を使っているんだい？」

台所でショットブッラル(13)を炒《いた》めながら、お父さんが言いました。私は何と答えたらいいのか困りました。それで、ちょっと考えてこう言いました。

「教科書だけが、知識を授《さず》けてくれるわけじゃないもん」

(13)　**köttbullar**　スウェーデンの家庭料理。牛のひき肉に卵、パン粉、牛乳、タマネギ、塩、胡椒《こしょう》などを混ぜ合わせ、一口大のボール状に成形して少量の油でステーキしたもの。ゆでたポテト、コケモモジャムとともに食べる。

「そりゃそうだ。まったくだ」お父さんは笑いました。

ショットブッラルのフライパンから、油がはじけました。

冒険は続く

翌日、マルチナと私は一緒に登校しました。普段《ふだん》は家が離《はな》れているのでそんなことはしないのですが、バス停で落ち合ってそこから学校まで歩いたのです。

「セルカンは、本当にデンマークに行ったと思う?」と、マルチナが言いました。

私は、肩をすぼめました。私もそれをずっと考えていたのですが、答えが得られていなかったのです。

「セルカンは絶対《ぜったい》うそを言わない!」

マルチナがあまりにも力を込めて言ったので、私はもう少しで吹き出しそうになりました。いつもは隠《かく》そうとしているのに、セルカンに対するマルチナの気持ちがそのまま現れていたからです。

「私も、すぐに旅行に行きたいわ」とマルチナが言ったので、私はとても驚いて足がもつれるように感じました。私は、できるだけ遅いほうがいいと思っていて、当然《とうぜん》、マルチナも同じだろうと思い込んでいたからです。たしかに、マルチナは私よりもずっと気が強く、怖《こわ》いもの知らずのところはありますが。

「みんなも早く行きたくて熱くなってるわ」と、マルチナは続けて言いました。

「クリスティーンはどこへ行ってみたい？」

「思いつかないわ」

私は、自分が旅行に行きたいのか行きたくないのかさえはっきりしませんでした。

学校に着いたのは一時間目の開始まぎわでした。全員すでに来ていて、エヴァ先生はカテダンの上に古い地図帳を広げて次々とページを繰《く》って見ていました。まもなく、開始の鐘が鳴りましたが、エヴァ先生はまるで聞こえなかったかのように地図帳を見続けていました。

「鐘が鳴ったよ……」とうとう、ペトラスが声を上げました。

「あぁ、ごめんなさい！　古い地図に夢中になっていたの」

エヴァ先生は、地図帳を音をたてて閉じました。

「今のヨーロッパは、みなさんのお母さんやお父さんが学校に通っていたころのヨーロッパとはずいぶん変わりました。たとえば、ドイツです。今のドイツは昔のドイツとはまるで違います……。ドイツの首都《しゅと》は何と言いますか？　知っている人？」

「ベルリンです」即座《そくざ》にヨセフィーンが答えました。

「そう、ベルリンですね。でも、ドイツは四〇年間、東ドイツと西ドイツの二つに分かれていました。……西ドイツの首都は何と言ったか知っている人はいますか？」

しばらくの間誰も何も言いませんでしたが、やがてペトラスがゆっくりと手を挙げ、自信なさそうに言いました。

「ボン……？」

「ご名答《めいとう》！　西ドイツの首都はボン。ベルリンは東ドイツの首都でした」

そのとき、グルップルムのドアが内側からノックされました。私たちは、全員そちらに目を向けました。エヴァ先生もです。ノックは、ようやく聞こえる程度の羽のように軽い音でした。

「ちょっと待っていなさい！」

エヴァ先生は、グルップルムに向かって少しこわい声で言いました。それから、私たちのほうに動物のように光った目を向けました。

「今日は誰が行きたいのでしょう。もう準備のできている人はいますか？」

マルチナがすぐに手を挙げましたが遅すぎました。トッベが、すでにドアの前に立っていました。

「私からの『お願い』を覚えていますか？『**エヴァはあなたに望んでいます。往きも帰りも旅行の間も、私にいつも付き添《そ》っていることを**』ですよ」

トッベは頷《うなず》きました。先生はキーをトッベの首に掛けて砂時計を取り出すと、トッベの手首に付ける前にネジを巻きました。砂はいっぱいになっていました。

「ドアに鍵《かぎ》をかけることを忘れないでね」先生が優《やさ》しく言いました。

トッベは頷いたあと、先生の顔をじっと見つめていました。私には、トッベの顔は今にも泣き出しそうに見えました。エヴァ先生にもそう見えたのか、先生は「急ぐのよ」と言って、トッベの肩を優しく叩《たた》いてドアのほうへ押しやりました。トッベがドアの向こうに姿を消すと、先生は自分でドアを閉めました。ドアに鍵をかける音が聞こえました。エヴァ先生は、ドアに背をもたれかかるように立つと、目を閉じて大きく息を吸い込み、それを長く静かに吐《は》き出しました。

「昨日はデンマークについて勉強しましたね。ドイツは、第二次世界大戦のときにデンマークを占領《せんりょう》しました。知っていましたか?」

エヴァ先生は、「ドイツは」と言ったとき、グルップルムのドアを振り向きました。

「センリョウって何ですか?」と、イサベルが質問しました。

「一つの国が別の国を武力で支配することです」と先生が答えて、「ヒトラーという名前を聞いたことがありますか?」と続けました。

私は頷きました。ヒトラーとナチズムがユダヤ人を根絶《ねだ》やしにしようとしたことを、お父さんから聞いたことがあったからです。

「ヒトラーは恐《おそ》ろしい人でした」

エヴァ先生は、私の考えていることを読み取っているかのようでした。

「ドイツ人は、ヒトラーのために多くの問題を抱え込みました。ドイツは第二次世界大戦に敗《やぶ》れました。勝利した国々はドイツを二つに分けました。東ドイツと西ドイツにです。ベルリンは東ドイツにありましたが、やはり東ベルリンと西ベルリンに分けられました。西ベルリンは、東ドイツという海の中の小さな島のようでした」

「ドイツに勝ったのはどの国ですか?」と、セルカンが尋ねました。

「イギリス、アメリカ、フランス、それにソビエト連邦です。イギリス、アメリカ、フランスはドイツの西に位置する国々ですね。ソビエト連邦はドイツの東側にあります」

　エヴァ先生はそう言って、みんなを見まわしました。

「『ベルリンの壁《かべ》』という言葉を聞いたことのある人はどのくらいいますか？」

　何人かの生徒が手を挙げました。

「東ドイツの共産主義《きょうさんしゅぎ》政府が、東西ベルリンの境界《きょうかい》にそって築《きず》いた数メートルの高さのコンクリートの壁です。その上には、有刺鉄線《ゆうしてっせん》が取りつけられていました」

「何のためにですか？」と、マルチナが質問しました。

「多くの東ドイツの人々が西ドイツに移住しようとしたためです。東ドイツ政府は、国民が東ドイツから出ていけないようにしたのです。壁は高く、乗り越えるのは不可能でした。その上に、有刺鉄線まで付けられたのです」

「ドイツが一つの国に戻ったのはいつですか？」と、ペトラスが質問しました。

「一九九〇年でした。その前の年に人々は壁を打ち壊し、有刺鉄線を取り除《のぞ》いたのです。そして、ベルリンは再び全ドイツの首都となったのです」

　エヴァ先生は、カテダンの引き出しからA４サイズのファイルを取り出し、生徒に一冊ずつ配りました。深く濃《こ》い赤色が非常に美しいファイルでした。私は、こんなきれいなファイルはこれまでに見たことがないと思いました。表紙の中央には一つの輪が描かれていて、そこに名前を書くのです。私は、できるだけていねいに「クリスティーン」と書きました。それからエヴァ先生は、ページ番号を書くようにと言いました。全部で、二四ページありました。

「これがヨーロッパ・ノートです。一ページに一つの国のことを書きます。最初のページはデンマークです。次のページはドイツです。まず、デンマークのページに昨日勉強したことを書いてください。ドイツのページに書くときは、トッペの旅行の話を書くスペースを残しておきましょう」

私は、すぐにデンマークに取りかかりました。最初にオアスンド橋を、それからクリスチアン専制王《せんせいおう》の肖像《しょうぞう》を描きました。ページの隅《すみ》にはいろんな形と色のレゴを描きました。最後に、昨日もらった地図を張りつけて完成です。とてもうまく仕上がりました。

ドイツは簡単ではありませんでした。最初にアウトバーンを描きました。高速で走ることのできる自動車専用道路です。それから、てっぺんに有刺鉄線がはり巡《めぐ》らされているベルリンの壁を描きました。ヒトラーも描きたいと思いましたが、どう描いてよいか思いつかなかったので諦《あきら》めようとしたとき、ペトラスがささやきました。

「ハーケンクロイツを描きなよ。その上にバッテンをするんだ」

彼は、自分のファイルを私に見えるように持ち上げました。私はそれを真似《まね》た絵を描き、それに吹き出しを書き加えて、そのなかに「ヒトラー？　ネイ・タック（いりません）！」と書き込みました。最後に、黒・赤・黄色の三色の国旗を隅っこに描きました。見直してみて、私はとても不満でした。

「先生、ドイツにはよく知られた良いものはないのですか？」

「もちろん、たくさんありますよ。『眠れる森の美女』のお話を知っているでしょう？」

私は頷《うなず》きました。

「そのほか『赤ずきん』など、『グリム童話集』として世界中に知られている物語を書いたのはドイツのグリム兄弟です。アルプス山脈を知っていますね。その一部はドイツに属しています。それに、世界でもっとも尊敬《そんけい》されている音楽家の多くがドイツで生まれています。たとえば、ベートーベンがそうです」

よかった！　私は、『眠れる森の美女』の一場面を描き、その周囲に音符《おんぷ》を散らばらせました。

そのとき、グルップルムのドアに内側からキーが差し込まれる音がしました。エヴァ先生が大股《おおまた》に三歩ドアに近づいたとき、ドアが開き、トッベが出てきてエヴァ先生に抱きつきました。トッベの顔は真っ青でした。

「あぁ、怖《こわ》かった！」

トッベは呟《つぶや》くように言うと、先生にもっと強くしがみつきました。エヴァ先生はひとことも口にせず、ただトッベの髪を優《やさ》しく撫《な》でました。

「誰かが叫んだんだよ。『ユダヤ人に罰《ばつ》を与えよう、ユダヤ人はドイツを滅《ほろ》ぼそうとしている！』って」

私たちはトッベをじっと見つめました。トッベは、怖いということを知らない子どもでした。エヴァ先生は頷きながら、なおもトッベの髪を撫でていました。

「それはヒトラーです。ヒトラーは歴史の中でもっとも悪い人間の一人です」と、エヴァ先生が言いました。

ビリーが、いつの間にかトッベと先生の横に立っていました。

「だけどトッベ、おまえドイツ語できないのに、どうして人の言ってることが分かったんだよ？」

トッペは、顔を左右に振りました。

「オットーはドイツ人だもの。ずっと、ぼくに付いていてくれたんだ。とっても親切な子だったよ」

エヴァ先生は頷きました。

「いつの時代でも、またどこの国でも、普通の人々はたいてい親切です」

エヴァ先生はそう言いながら、もう一度トッペの頭を撫でました。

水晶《すいしょう》の夜(14)

翌日、旅行はありませんでした。エヴァ先生は、「私たちはもっと時間を使って、第二次世界大戦について勉強します」と言いました。トッペも、昨日の旅行について報告《ほうこく》する時間をもらいました。それに、トッペはそれをしたくてたまらないようでした。でも、昨日教室に戻った直後は、「ヒトラーはものすごく恐《おそ》ろしい人だ」と言っただけで、ほかのことは何

(14)　ナチス政権《せいけん》時代、全ドイツでユダヤ人に対する暴動がぼっ発した1938年11月９日夜をさす。この暴動は、11月７日にパリでドイツの外交官がユダヤ人によって銃撃《じゅうげき》・死亡したことに対する「民族的怒り《みんぞくてきいか》」と理由付けられた。

も話したがりませんでした。

私たちはまず、この戦争に参加したのはどこの国だったか、から始めました。スウェーデンは参加しませんでした。デンマークとノルウェーはドイツに占領《せんりょう》されました。

「なぜ、スウェーデンが戦争の渦《うず》に巻き込まれずにいられたかは、一つの謎《なぞ》です」とエヴァ先生は言って、話を続けました。

「ヒトラーが権力《けんりょく》を握《にぎ》る以前のドイツでは、人々の生活はとても苦しかったのです。たくさんの失業者《しつぎょうしゃ》がいました。そして、多くの人が当時の支配者に対して失望《しつぼう》していました。ヒトラーはそれを利用したのです。ヒトラーは、社会が悪くなっているのはユダヤ人のせいだと言いました」

「おれの父ちゃんは失業中だよ」と、トッベが口を挟《はさ》みました。

「父ちゃんは、『家でブラブラしているとむかついてくる』って言ってるよ。『仕事がなくなってから父ちゃんはイライラしてばかりいる』って、母ちゃんが言ってる」

エヴァ先生は頷《うなず》きました。

「ドイツの人々も、きっとトッベのお父さんのような気持ちだったに違いありませんね。それで、ヒトラーがもっとよい社会をつくってくれるのではないかと期待しました。けれども、そうはなりませんでした」

「では、これからみんなでトッベの旅行の話を聞きましょう。トッベ、いいですか？」

エヴァ先生は、トッベに優しい声をかけました。トッベは頷きました。

「ぼくとオットーは街の中にいました。夜でした。人々は気が狂ったようでした。ユダヤ人の店のショーウィンドーに向かって石を投げていました。汚《きたな》い言葉を叫《さけ》んでいました。ユダヤ語の本に火をつけました。店の中から椅子《いす》などを窓越しに放り出しました」

「トッベが見たのは、『水晶の夜』の光景です。この夜、人々はユダヤ人の経営する商店のシャッターを打ち壊《こわ》してまわったのです。この夜が、ユダヤ人虐殺《ぎゃくさつ》の始まりだとされています。一九三八年一一月のことです。ヒトラーはドイツ国民に対して、すべてのユダヤ人商店とシナゴーグ（ユダヤ教会）を破壊《はかい》するよう呼びかけました。そして、ヒトラーはこう言いました。『ユダヤ人にはどれほどの価値《かち》もない、動物と同じだ』」と、エヴァ先生が説明しました。

教室の中は、水を打ったように静かになりました。

「本当に酷《ひど》いことです」私たちは全員が頷きました。こんなことは、正常とは思われませんでした。

「自分の店が壊されるのを防ごうとしたユダヤ人もいました」

トッベは自分の話を続けましたが、とても疲れているようでした。

「その後、人々の状況《じょうきょう》はもっと悪くなりました。ユダヤ人やそのほかの人種の大勢の人々が、強制収容所《きょうせいしゅうようじょ》と呼ばれる場所へ連《つ》れていかれました。その人たちは、そこで毒ガスで殺されました」

エヴァ先生がトッベの報告を補《おぎな》って説明しました。

「だけど……誰も抵抗《ていこう》しなかったの？」と、ビリーが質問しました。その顔には、ショックの表情が浮かんでいました。

「そうね……みなさんはどう思いますか？」

エヴァ先生が教室を見まわすと、マルチナが手を挙げました。

「ドイツ人は、全員がユダヤ人を嫌《いや》だと思っていたわけではないと思います。でも、ユダヤ人を助けようとした人は多くなかったのです。そんなことをすれば、自分が刑務所《けいむしょ》に入れられるか殺されるかもしれなかったからです」

セルカンは、「ドイツ人はユダヤ人の災難《さいなん》についてよく知らなかったのだ」と言いました。

ペトラスは、「ドイツ人は臆病《おくびょう》で、自分のことだけしか考えなかったんだ」と言いました。

トッペが続けました。

「ヒトラーと同じ考えの人がたくさんいたんです。ドイツ人のほうが偉《えら》いって。ものすごく大勢の人がこの考えを応援し、拍手したんです。自分ではユダヤ人を殴《なぐ》ったり、ユダヤ人の店から盗《ぬす》んだりしなくても……」

「だけど、オットーは違うよ。もちろん」

少し落ち着いてからトッペが付け加えました。エヴァ先生は、依然《いぜん》としてトッペの机に座っていました。

「オットーのお父さんは抵抗運動に参加してたんです」と、トッペは少し誇《ほこ》らしげに言いました。

「ヒトラーがどんなに危険《きけん》な人物かを書いたビラを配ったんです。それに、隣の家に住んでいたユダヤ人の家族にいつも食べ物をあげていたんです。ぼくは、次の日にこの家族に会ったんだ」

エヴァ先生は黒板の前に歩み寄ると、チョークをとって一つの星の形を描きました。それは三角形を二つ、上下を逆にして重ねあわせた形でした。

「ユダヤ人は、黄色の布でつくったこの星形を衣服に縫《ぬ》いつけられていました」と、エヴァ先生は言いました。

「どうしてそんなものを?」ビリーが質問しました。

「その人がユダヤ人であることが誰にでも分かるようにです。そして、ドイツ人は、ユダヤ人ならどのようにでも自分のしたいように扱《あつか》うことができたのです」

先生の声が変にかすれました。そして、もうこれ以上は話したくないとでも言うように話題を変えました。

「では、ヨーロッパ・ノートを出してください。そして、第二次世界大戦について書きましょう」

私たちは、いっせいにそれに取りかかりました。私がどんなことを書いたかを、読者のみなさんに読んでお聞かせしましょう。

第二次世界大戦は、一九三九年から一九四五年まで続きました。ヒトラーはドイツの指導者《しどうしゃ》で、ナチズムの指導者でした。彼はひどい人間でした。彼は、人間の価値《かち》は人によってさまざまだと考えました（ばかなっ！）。ユダヤ人、ジプシー、同性愛者《どうせいあいしゃ》、知的《ちてき》障害者《しょうがいしゃ》、ヒトラーとは異なった政治的意見をもつ人たちがたくさん強制収容所に入れられ、殺されました。また、ヒトラーは、周りの国々に攻め込んで占領しました。イギリスには爆弾《ばくだん》を投下しました。それで、たくさんの人々が死にました。しかし、ドイツは戦争に負《ま》けたので二つに分けられました。東ドイツと西ドイツにです。

私は、オットーのお父さんが、上着に黄色の星をつけた女の人に食べ物をあげている絵を描きました。私は、それをマルチナに見せました。マルチナは頷《うなず》きました。

全員が書き終わったところで、数人の生徒が自分が書いたことを読み上げました。私は今でも、トッペが書いたことをよく覚えています。

――ぼくは、ナチズムと人種差別《じんしゅさべつ》が大嫌いだ。人間はみんな同じ価値だ。だけど、オットーのお父さんのような人はもっと大きい価値があると思う。自分のことより、ほかの人のことをもっと大事に思っているからだ。

トッペが読み終わると、みんなが拍手《はくしゅ》をしました。

黒子《ほくろ》

私たちの旅行についてのお話を進める前に、少し時間を戻って、ここまでくる間に起こったことをお話しておかなければなりません。すでに読者のみなさんは、私たちにとって学校での秘密《ひみつ》を守り通すのはとても困難《こんなん》ではないか、また私たちの態度《たいど》は両親の疑《うたが》いを呼び起こさないのだろうか？　とお考えになったのではないでしょうか？

もちろんです！　でも、ヨーロッパ旅行が続けられなくなるのは絶対に嫌《いや》だったので、それを喋《しゃべ》る気には決してなれませんでした。しかも、エヴァ先生が言うことは、すべてその通りになったということを私たちはしっかりと体験《たいけん》していました。ですから、もし喋ったら、グルップルムのドアの不思議《ふしぎ》な力がなくなってしまうのはたしかだと信じていました。たしかに、「学校では、ヨーロッパについてどんな勉強をしているの」と両親に聞かれるとき、秘密を守り通すことはとても困難でした。

「おまえたちは、本当に地理の宿題はないのかい？」と、私のお父さんはよくそう聞いてきました。

「ないわ。一度も出たことない……だいたいお話をしているの」

そのたびに、私はぶっきらぼうに答えました。私は、お父さんにもお母さんにも隠《かく》し事をしたことがないので、うそをつくのは慣《な》れていなかったのです。

「お話をしてるって？　何かを、ちゃんと勉強しているんだろうね？」お父さんはとっても驚きました。

お父さんを喜ばしてあげなくちゃ。そう考えた私は、第二次世界大戦のこと、ヒトラーのこと、水晶《すいしょう》の夜のこと、さらに連合軍はどのようにして勝利を得たかについて話しました。

お父さんは驚いて、そのショックを隠《かく》しきれませんでした。

「へえーっ、すごいね！　たいしたもんだ！　すばらしいよ！」お父さんは褒《ほ》め言葉を連発しました。

先日、私は、食堂のテーブルに座って、アメリカが日本のヒロシマとナガサキに原子爆弾《げんしばくだん》を落としたことについて書かれた本を読んでいました。私が歴史に興味《きょうみ》を示したことはほとんどなかったのでお父さんは不思議そうな顔をしていましたが、そのときは何も言いませんでした。

別の日には、伯母《おば》のレジーナとお母さんがこんな話をしているのを聞きました。

「驚いたわ。ペトラスが『アンネの日記』を読んでるのよ。何が起こったのかしらねぇ？ペトラスが読むのは、宇宙とか天体とかの本だけかと思っていたわ！」

「学校では、第二次世界大戦についてずいぶん話し合っているってクリスティーンが言ってたわ。子どもたちは、ずいぶん興味をもっているらしいのよ」

また別の日に、私はうっかり自分だけの「ヨーロッパ・ノート」をつくっていると口を滑《すべ》らせてしまいました。お父さんはすかさず、「おっ、そうかい。見せてほしいなぁ!?」と突っ込んできました。私は、心ならずもこう言ってごまかさざるを得ませんでした。

「マルチナと共同でつくってるの。今は家にないわ」

ヨーロッパ・ノートは、絶対に家に持ち帰ってはいけない。エヴァ先生はそう言っていたからです。

そして、またまた別の日、マルチナがエヴァ先生に聞きました。

「五年生が終わるときにはいいのでしょう?」

「今は約束できません」と、エヴァ先生はゆっくりと首を横に振りました。

「私たちのヨーロッパ旅行の秘密が守り通せるかどうかです。小さなガイドの秘密もね」

エヴァ先生はそう言って、グルップルムのドアを指さしました。

「オットーってさ、どんな子だった?」

そのとき、突然《とつぜん》、セルカンがトッペに聞きました。

「えーっと……髪の毛が黒くて、とっても青い眼をしていて……背が低くて……それから、黒子《ほくろ》がある……」

「何だって! 黒子って、ここにかい?」

セルカンは、自分の唇《くちびる》の右端の下に指をもっていきました。

「それ、どうして知ってるの?」と言って、トッペはセルカンを見つめました。

「偶然《ぐうぜん》かもしれないけど……マッズもここに黒子があったんだよ。本当だよ」

私たちは、二人を見つめました。

「それは、まったくの偶然だわ」エヴァ先生はそう言いながら、ドレスについた目に見えないような埃《ほこり》を払い落としました。その日、先生のドレスは濃い緑色でした。

「先生、今日は旅行はないのですか？　そうすれば、今日、その子に黒子があるかないかを確《たし》かめることができます」と、マルチナが質問しました。

「そうですね。旅行をしましょうか」

エヴァ先生は、マルチナをじっと見つめました。

「でも、黒子のことはそんなに気にすることではありませんよ。間違いなく、偶然の一致ですから」

マルチナ、出発する

「では、世界で一番面積の広い、ヨーロッパで一番人口の多い国についての勉強を始めましょう。何という国かを知っている人はどのくらいいるかしら？」

ほとんどが手を挙げました。エヴァ先生はヨセフィーンを指さしました。

「ロシアです」ヨセフィーンは自信たっぷりに答えました。

「そうです。では、ロシアは昔は何という名前だったかを言える人はいますか？　今よりももっと大きな国だったころの名前です」

「ソビエト連邦」ヨセフィーンが答えました。

「ブラボー！」先生が明るい声を上げました。

「首都《しゅと》のモスクワがあるのはヨーロッパですが、国土の大部分はアジアにあります。ヨーロッパとアジアの境界はウラル山脈です。知っていましたか？」

エヴァ先生は、ヨーロッパの地図を鉤《かぎ》に掛けて広げると、その上に指を置きました。

「あっ、ノックしている」と、ビリーが叫びました。

「あぁ、そうね」先生の声は少しいらだっているようでした。

「彼がこんなに早く来るとは思わなかったわ。でも、必要なことは話したから……誰が行きたいですか？　マルチナ、あなた？　じゃ、ここにいらっしゃい」

エヴァ先生はマルチナにキーを渡しました。マルチナは「**エヴァはあなたに望んでいます。往きも帰りも旅行の間も、私にいつも付き添《そ》っていることを**」と復唱《ふくしょう》してから時計を腕に付けると、エヴァ先生がそのゼンマイを巻きました。マルチナはドアの向こうに半分入りかけたところで急にこちらを振り向き、私をじっと見つめました。彼女の目には、大きな不安が満ちていました。

　マルチナが行ってしまうと、今度は私が不安になり始めました。もし、彼女が帰ってこなかったらどうしよう。彼女のお母さんやお父さんに、マルチナがヨーロッパ旅行に、たぶんロシアへ行ったのだということをどう説明したらいいのだろうと考えました。そのうえに、マルチナが呪文《じゅもん》を忘れてしまわないかが心配になりました。もし、忘れてしまったら彼女はどうなってしまうのかしら。

「ソビエト連邦は、多くの共和国が集まった大国でした。それが一九九一年に、いくつもの独立した国々に分かれました。それがどうしてだったか分かる人はいますか?」

「あんまり大きすぎて、人々が同じ国の国民だと考えられなかったからだと思います」と、ヨセフィーンが言いました。

「そういうことも言えますね。みなさんはちょっとウラジオストックに住んでいるつもりになってみてください。ウラジオストックは、ロシアの一番東にある大都市です。モスクワからはものすごく離《はな》れています。さあ、ウラジオストックでは朝となりました。でも、モスクワでは人々はこれからベッドに入ろうとしています……」

　エヴァ先生は、大地図の時間帯のところを指しました。私は、頭の中にその様子を思い描くことができませんでした。

「ソビエト連邦も、第二次世界大戦に参戦していたことを覚えていますか？」とエヴァ先生が聞いたので、みんなは頷《うなず》きました。

「戦争が終わってから、ソビエト連邦は東ヨーロッパの国々をその影響下《えいきょうか》において、とても大きな勢力になりました。ソビエト連邦は共産主義の国でしたので、それらの国々は共産主義に変えられました」と、先生は続けました。そして、地図の上の東ヨーロッパの部分を一つの円で囲みました。

「同じようにして、私たちの隣国《りんこく》のいくつかもソビエト連邦に属《ぞく》していました。どの国がそうだったか言えますか？」

私は、自信がなかったけれども手を挙げました。

「エストニア、ラトビア、リトアニアです」

「そうです、そうです」と、エヴァ先生は何度も頷《うなず》きました。

それから私たちは、それぞれのヨーロッパ・ノートを書きました。けれども、私は集中できませんでした。私は残りの時間ずっとマルチナのことを考えていて、どうしているのだろうと心配していました。たびたびドアがノックされる音がしたような気がしましたが、実際《じっさい》にはドアは開かれませんでした。この日は水曜日で、学校が終わるのは午後二時二〇分でした。壁《かべ》の時計は二時一五分をさしていましたが、マルチナはまだ戻ってきません。

「みなさんは、マルチナが帰って来る前に帰宅することはできません。それまで、勉強を続けます」

エヴァ先生が静かに言うと、教室はしんと静まり返りました。家へ帰れない？

「それは困ります。学校が終わったらすぐに乗馬《じょうば》に行くことになっているので、私は帰ります！」イサベルでした。

「ぼくも。いとこと水泳に行くんです」トッベは、椅子《いす》から立ち上がりました。

エヴァ先生が怒《おこ》りました。そのときが初めてでした。クラスの全員に向かって真剣に怒ったのです。

「どこへ行くのもだめです。マルチナが戻るまでは教室にいるのです！」

「絶対嫌《いや》だよ。マルチナは好きなようにやっているよ」

トッベはザックを手にすると、教室の出口に向かいました。そのトッベにセルカンが飛びかかり、床《ゆか》に押し倒しました。

「アアッ、こいつ、やりやがったな！」と、トッベが叫《さけ》びました。

「お前が帰ってしまったら、マルチナが危険《きけん》だということが分からないのか！　全員、教室にいなければ。マルチナが帰ってくるまで！」と、セルカンが怒鳴《どな》りました。

危険だって？　私たちがここにいないとマルチナが危険だって？　そんなことは、エヴァ先生はこれまでに一度も言わなかったのに？　私は、泣き出したい気持ちが喉《のど》に突き上げてくるのを感じました。

トッペは床から立ち上がるとふらふらしながら自分の机に戻り、セルカンに怒った目を向けました。

「セ、セルカン、危険って、ど、どういう意味なの？」

私は、ようやく言葉を絞《しぼ》り出しました。セルカンはエヴァ先生のほうに助けを求めるように顔を向けましたが、先生は何も言いませんでした。

「時間はものすごく重要なんだ。マッズは、何度もぼくに時間を確かめさせたよ。もし、時間を忘れてしまって時計の砂が落ちきってしまったら、戻ってくることはできなくなるって。それからもう一つ、もし帰り着く前に誰かが一人でも家に帰ってしまったら、まさにそのときルッカンは閉じられてしまうんだって。だから、帰ってはいけないと言っているんだ」

全員が、机の前で石のようになりました。セルカンはしばらく無言でいましたが、何を思ったのか、私たちにこう尋ねました。

「ぼくは、旅行でどのくらいいなかった?」

私たちは、「およそ一時間半だった」と答えました。

「ぼくが思った通りだ。だけど、ぼくがマッズのところで過ごしたのは二晩だったんだよ」

みんながセルカンを見つめました。そんなことがあり得るだろうか? 私は、何をどう言ったらいいか分かりませんでした。マルチナは案内の少年と離《はな》れ離《ばな》れになってしまったのではないかと考えました。マルチナは、もちろんロシア語は話せません。そんなことが次々に頭のなかに浮かんでは消えました。

次の瞬間《しゅんかん》、ドアにキーを回す音がして、マルチナがそこに立っていました。全員が「マルチナ!」と叫《さけ》びました。どっとマルチナに駆《か》け寄り、抱きつきました。マルチナはとても疲れていて青ざめていました。ジーンズ生地《きじ》のスカートは汚れていました。

「さあ、みなさん家に帰っていいですよ。マルチナの報告は明日聞くことにしましょう。マルチナ、旅行は楽しかった?」

マルチナは頷きました。私とマルチナは、手をとりあって家路《いえじ》につきました。

黄金の蝶

学校を出るとマルチナは、クラスの全員に話す前にまず私にだけ聞いて欲しいと言いました。それで、私とマルチナは、いつも私たちが秘密《ひみつ》の話をする学校の裏にある小高い丘へ向かってうつむき加減《かげん》に歩いていきました。けれども、もし誰かがついて来て盗《ぬす》み聞きをされてはと考え直し、安全のためにマルチナの家に行きました。マルチナの両親は二人とも働いていましたし、きょうだいはいませんでした。ですから、他人に聞かれる恐《おそ》れはまったくありません。

マルチナは、冷蔵庫からラズベリーのアイスクリームを二個取ってきました。私たちは、マルチナの二段ベッドの上段に上って、壁《かべ》に背をあてて座りました。

――グルップルムに入ったとき、マルチナはそこはまるで空室《くうしつ》のようだと感じました。しかし、ドアの鍵をかけると、部屋の隅《すみ》に一人の少年が立っているのが見えました。彼は、マッツやオットーと同じ黒い髪の毛をしていました。彼の目が青いということや、唇《くちびる》の下に黒子《ほくろ》があるということは暗くて分かりませんでしたが、しばらくしてからそうだということが確かめられました。

　少年は、何かを待っているかのように長い間マルチナを見つめていました。少したって、マルチナはそれが何かに気付きました。

「エヴァはあなたに望んでいます。往きも帰りも旅行の間も、私にいつも付き添っていることを」

　マルチナはかすれた声で唱えました。それを聞くと少年は、マルチナの手を取ってルッカン（木の扉）の前に連れていきました。それは、壁の一番下に、床《ゆか》に接してついていました。少年はマルチナの手からキーを取ると、ルッカンの鍵穴《かぎあな》に差し込んで一回転させました。

　少年は、扉を開いてマルチナに中を見せました。そこには、アルファベットの文字がついたボタンがぎっしり並んだ板がありました。少年は目にも止まらぬ早さで「**エヴァはあなたに望んでいます。往きも帰りも旅行の間も、私にいつも付き添っていることを**」と、ボタンに触《ふ》れていきました。ボタンの板の横にはとても小さなマイクロフォンがあり、少年はそれに口を寄せてスウェーデン語ではない言葉を喋《しゃべ》りました。

「それはロシア語だったの？」と、私が口を挟《はさ》みました。マルチナは頷《うなず》きながら「そうだったと思うわ」と言いました。

マルチナと少年が着いた所はロシアでした。いいえ、正確に言えばソビエト連邦でした。

「建物はみんな灰色で、商店の前には長い行列ができていたわ……私たちは、ソビエト連邦の首都にいたのよ。クリスティーンはそれが何という名前か知ってる？」

「モスクワでしょう？」


マルチナの話は続きます。

――少年の名前はボリスでした。彼は、まずマルチナを自分の家族に紹介《しょうかい》したがりました。ボリスはマルチナを引っ張るようにして大きな広場を横切っていきました。周りの建物の屋根はタマネギの形をしていました。広場には小さな屋台《やたい》が並んでいて、その一つではおばあさんがマーマレードを売っていました。

ボリスについて坂道を大急ぎで下っていくと、突然《とつぜん》、ある建物の地下室に入り込みました。そこには一組の家族がいて、マルチナにスープをすすめました。マルチナはロシア語をまったく知りませんでしたが、その人たちがとても親切だと感じました。スープを飲んでいるマルチナに、温かな微笑《ほほえ》みを送っていました。エレーナという名前の少女は、マルチナの膝《ひざ》に寄りかかってロシア語の教科書を読んで聞かせてくれました。

ボリスは自分の時計を見て、「急がなければならない」と言いました。それで、マルチナはあわてて残っていたスープをスプーンですくって飲みました。

「どこへ行くの?」と聞いても、ボリスは答えませんでした。二人は街に出て、地下鉄に向かいました。駅の構内はとても美しくて、マルチナを驚かせました。天井からはカットグラスの見事なシャンデリアが吊り下げられ、床は大理石のように光っていました。

「私のおばあちゃんの家の、一番きれいな部屋のようだ」とマルチナは思いました(その部屋がどんなにきれいかは、この私が保証《ほしょう》します)。

地下鉄を降りて二人は、太い柱に取り巻かれた巨大な白い建物の階段を上っていきました。これまでにマルチナが見た、もっとも美しい建物の一つでした。「ボリショイ劇場だよ」とボリスは言い、「マルチナはバレエは好き?」と尋ねました。「ええ。でも私、一度も観《み》たことはないの」と答えると、ボリスは満足そうな顔をしてマルチナの手を引いて階段をぐんぐん上っていきました。

——すばらしいバレエでした。バレリーナたちは、舞台いっぱいに、鳥のように軽々と舞い踊りました。また、劇場内部の天井は金箔《きんぱく》が張《は》り詰《つ》められているようでした。そのときマルチナは、クリスティーナも一緒だったらよかったのに、と思ったそうです。

バレリーナの一人は、背中に黄金の翼《つばさ》をつけ、チュールのスカートは虹の七色のすべてを発していました。黄金の蝶《ちょう》そのものでした。マルチナは、感動のあまり声もなくステージに見入っていました。

幕が下りて、マルチナが出口の方に向かおうとしていると、ボリスがその手をつかまえて長い廊下《ろうか》を引っ張っていきました。三番目の扉まで来たとき、ボリスは指を一本立てて自分の口に当てました。

「マルチナ。君を、特別な人に会わせてあげるよ」

ボリスが、扉を指で、羽で叩《たた》くように軽くノックしました。そして、ロシア語で何かささやきました。

ドアが、注意深く細く開かれると、そこに立っていたのは黄金の蝶のバレリーナでした。その美しさにマルチナは息が止まりそうでした。彼女は一歩下がって、二人を化粧室《けしょうしつ》に招《まね》き入れました。彼女は、ストールにかかっていた銀色のショールを脇《わき》によけて二人の席をつくりました。三人はちょっとの間黙《だま》ったままでしたが、最初に黄金の蝶さんが「モスクワをお好きですか?」と尋ねました。

マルチナが、旅行はファンタスティックだし、ボリスの家族は親切だし、バレエはとってもすばらしかったのでとても満足していると答えると、黄金の蝶さんは、突然、両方の手で顔をおおって泣き出してこう言いました。

「……数ヵ月前、ボリショイバレエ団はパリで公演をしていました。パリへ行くまで、私は外国での人々の生活について一度も考えたことがありませんでした。それまで、私は人間にとってソビエト連邦が最高の国だと信じていました。新聞も、両親も、共産党の書記長も、みんながそう言うからです。本当に誰もかもです。でも、パリでは……人々はテラスカフェに腰を下ろしてコーヒータイムを楽しんでいました」

彼女は、遠くを見るような眼差《まなざ》しを窓の外に

投げかけました。それから、マルチナのほうにぎらぎらした目で向き直りました。

「女性はみんな美しいものを着ていたわ。お店にはあらゆる種類の香水《こうすい》があったわ。美しいスカーフも。商店には、食料品が山積みになっている……パラダイスのよう……」

黄金の蝶さんは、羨《うらや》ましそうにため息をつきました。そして、銀色のスカーフを両腕に乗せて胸の前で広げました。

「これは、そのパラダイスの思い出よ」

彼女はスカーフに顔を埋めて、匂いを嗅《か》ぐような仕草《しぐさ》をしました。

「映画も……。パリでは、たくさんの作品の中から自分の好きなものを自由に選べるでしょう。ここソビエト連邦では……」

彼女は、突然声を潜《ひそ》めると、次のように言葉を続けました。

「そういうことは、ほとんどありません。何かを選ぶということはほとんどありません。選ぶものがないのです……」

黄金の蝶さんは、立ち上がって廊下のほうに目を向けました。

「今、私が言ったことを、誰にも聞かれなかったらいいのだけれど」

彼女は、自分自身に言うように小声で呟《つぶや》きました。

マルチナは無言《むごん》で座っていました。スウェーデンには選ぶことのできるものがいっぱいあるということを、これまで一度も考えたことがないと思いました。そして、自分が考えていることを誰かに知られたら怖いという気持ちになったことなど一度もないことに気付きました。でも、それは当たり前のことではないかしら？　それとも、そうではないのかしら？

マルチナの話はさらに続きます。

――そのとき偶然《ぐうぜん》にも、マルチナの目が手首の時計の上に止まりました。砂はほとんど残っていませんでした。マルチナの全身を、冷たいものが駆《か》け抜けました。

「学校が終了する前に帰り着くためには、時間に注意していなくてはいけないよ」と、ボリスは言い続けていました。

「ごめんなさい！　もう行かなければなりません！」

マルチナは、力の抜けた足で立ち上がりました。黄金の蝶さんはマルチナをじっと見つめました。その目から大粒の涙があふれて艶《つや》やかな頬《ほほ》を流れました。まるで黄金の雫《しずく》のようでした。その涙を指先で拭《ぬぐ》うと、彼女は少し微笑《ほほえ》みました。

「踊っている私、その私の手がどのように見えるかを、あなたが自分の目で見た通りに話してくださってとても嬉《うれ》しかったわ！」

彼女は、マルチナの背中に腕を回して両方の頬にキッスをしました。

「どんなときでも希望をもたなくてはね、きっと。……ときどきは、私のことを思い出してくださるわね？……」

マルチナは頷《うなず》きました。彼女は、マルチナの首にスカーフを巻きつけて額《ひたい》に口づけをしました。

マルチナとボリスは廊下を駆け抜けました。通りに出て走り、地下鉄に走り込みました。そして、モスクワへの入り口になった狭い路地《ろじ》に着きました。路地の一方の壁《かべ》の下のほうに、グルップルムにあったのとまったく同じ形と色をしたルッカンがあるのが見えました。ボリスはキーを扉の鍵穴に差し込んで回し、扉を引き開けるとアルファベットのボタンをすごいスピードで叩きました。それからロシア語で呪文《じゅもん》を唱《とな》えました。が、何も起こりませんでした。

「スカーフだ！」ボリスは押し殺した声で言いました。

「マルチナ、スカーフを捨てなさい！　この旅行中に手に入れたものを持っていると扉が作動しないんだ！」

マルチナはためらいました。黄金の蝶の記念を持ち帰りたくてたまりませんでした。スカーフは美しく輝き、いい香りがしました。しかし、今自分が置かれている危険な状況《じょうきょう》を考えないわけにはいきませんでした。マルチナはスカーフを首から外《はず》すとボリスに渡しました。彼はそれをポケットに突っ込むと、もう一度呪文を唱えました。ルッカンは作動し、真っ暗な穴が現れました。ボリスはキーをマルチナの首に掛けました。

「潜《もぐ》り込むんだ、マルチナ！」と、ボリスが命令しました。マルチナは体を縮《ちぢ》めて穴に潜りました。そのとき、背後にボリスの声が聞こえました。

「さようなら、マルチナ！　無事を祈っているよ！」

次の瞬間、マルチナはグルップルムにいました。

「すぐにみんながお喋《しゃべ》りをしているのが聞こえたわ。そして、何もかも前と同じだと分かったわ」

私は、マルチナを見つめました。マルチナがソビエト連邦へ行ってきただなんて！　そんなことが、本当に起こったとは信じられませんでした。セルカンとトッペについては、二人が本当のことを話していると私は信じられました。でも、マルチナの話はまったく別のことのように感じました。あまりにも詳しく聞いてしまったからでしょう。

ヨーロッパ旅行は実際に進行している、それを否定《ひてい》することはできません。そして、遠からず私の番になるのです。私はそれを考えるとどきどきします。今では、私は旅行に行きたい気持ちが強くなっているのですが、同時に、恐《おそ》ろしさも残っています。何か間違いが起こるのじゃないかと。

大事件

翌日、マルチナはソビエト連邦への旅行の報告《ほうこく》をしました。彼女は、黄金の蝶さんについて私にしたのと同じ話をていねいに繰り返し、彼女がどんなにパリに憧《あこが》れていたかを話しました。私たちの全員が、商店や映画館、喫茶店をそんなにもすばらしいと思う人がいるということにびっくりしました。

「パリがそんなにすばらしいと思うなら、どうして黄金の蝶さんはフランスへ移住しないのかしら？」と、イサベルが不思議《ふしぎ》そうに発言しました。

「政府が許可しないのよ」と、マルチナが答えました。

「そんなことないさ！」と言うトッペの声が響《ひび》きました。

「いいえ、許可されないのです」

エヴァ先生が、マルチナの答えを繰り返しました。

「私たちにとって当たり前のことでも、当たり前でない国が世界中にあります。ソビエト連邦では、政府の許可なしには、誰一人として外国を旅行することはできませんでした。それでも、多くの人が西側の国に移住しようとしました。それらの人々は、国境を越えようとして撃《う》たれて死ぬか、捕《と》らえられて刑務所に入れられました。ソビエト連邦では、共産党以外の政党は許可されていませんでした。それらの点は、最近になってだいぶ改善されました。ロシアは民主主義の国になったからです。ソビエト連邦は独裁国家《どくさいこっか》でした」

「独裁国家って、何ですか？」セルカンが質問しました。

「たった一人の指導者、たった一つの政党が何もかもを決定する制度の国のことです。民主主義国との一番の違いは、国民が政治に参加できず、その声を決定に反映《はんえい》できないことです」

エヴァ先生の説明は続きます。

「今のロシアでは、人々は自由に外国へ旅行できます。ただ、大部分の人々にはそれを手に入れるだけのお金がありません。ハンバーガーの店もあります。最新のファッションも売られていますが、ありません」

「ロシアは、EU《イーユー》のメンバー国ですか？」というマルチナの質問に対して、エヴァ先生は首を横に振りました。

「マリアム、イランはEUかい？」と、トッベが聞きました。

「イランは、もともとヨーロッパの国じゃないでしょ！　ばかなこと言わないで！」

トッベが言い終わらないうちに、イサベルが嘲《あざけ》るように言いました。

「イサベル、その言い方はよくないわ。トッベの質問はばかげたものではありません」と、エヴァ先生がすぐに注意しました。

「ロシアのほかにも、EUに入っていないヨーロッパの国がたくさんあります。それらの一部は、EUが決めている条件を満たせないために加盟《かめい》していません。それ以外にも、加盟できるのだけれど加盟しないことを選択《せんたく》した国があります。今日、私たちの一人が旅行しようとしているのは、この加盟しないことを選んだ国です。スウェーデンの近くに位置しています。誰が行きたいですか？」

私は思い切って手を挙げましたが、エヴァ先生が指名したのはイサベルでした。

「どの国か分かりますか？」

「いいえ」

イサベルは、ちょっときまり悪そうな顔をしました。

「誰か分かる人は？」

「ノルウェーじゃないかと思います。ノルウェーはEUに入っていません」ヨセフィーンが答えました。

「ご名答《めいとう》！」エヴァ先生はにっこりしました。

ノルウェーと聞いて、私はよかったと思いました。ノルウェーなら、これまでに何度も夏休みやほかの休暇のときに行ったことがあったので、この大事な旅行で行くのは無駄《むだ》のように思えたのです。行くなら、今までに行ったことのない国を希望していました。また私は、イサベルが行きたいと言ったのには驚きました。イサベルはこの旅行が始まって以来、一番嫌《いや》がっていた子の一人だったからです。私は給食のときの食堂で、彼女がカイサにこう言っているのを聞いたことがあります。

「私ねぇ、本当のところ、あんなのぜんぜん信じてないわ。まあ、やってみたっていいけど」

それを聞いていたトッベが目をむき、口を尖《とが》らせて怒《おこ》りだしました。

「おまえっ！　おれがつくり話をしてるって言うのか！　オットーなんていないって言うのか！」

セルカンがとても真剣な顔をしてすぐにトッベのところに行き、彼を静かにさせました。5Bや5Cの子たちがみんな、トッベのほうを見つめていたからです。トッベの怒《いか》りは昼休みの間中収まらず、こわい顔でイサベルを睨《にら》んでいました。けれども、幸いなことにそれ以上には発展しませんでした。

その日の午後の授業は算数で、割り算をしました。私はとても集中していて、問題を次々に解いていきました。授業時間がちょうど半分ほど過ぎたころ、グルップルムのドアに内側からノックされる音がしました。ドアに駆《か》け寄るイサベルの足音が聞こえ、呪文《じゅもん》を復唱《ふくしょう》する声が聞こえ、ドアが開いて閉じる音が聞こえました。私が計算を終わってそちらに顔を上げたときには、イサベルの姿はもうそこにはありませんでした。

しばらくすると、またノックの音が聞こえました。今度はグルップルムからではなく、教室の入り口のドアからでした。エヴァ先生が歩み寄ってそれを開くと、そこにイサベルのお母さんが立っていました。その瞬間《しゅんかん》、先生の顔から血の気が失せ、真《ま》っ青《さお》になりました。

「こんにちは、エヴァ！　私は、イサベルと歯医者さんの前で会うことになっていたのですが、イサベルは来ませんでした。忘れたのではないかと思って……」

　エヴァ先生は何も言いませんでした。ただ、イサベルのお母さんを見ているばかりでした。

「イサベルに来るように言ってくださいますか？」

「く、来るように……ですか？」エヴァ先生が口ごもりました。

「ええ、すぐに来るように……」

　イサベルのお母さんは戸惑《とまど》っているようでした。そして、彼女は、教室の中を見渡そうとするかのように首を伸ばしました。エヴァ先生は、なおも彼女を見つめるばかりでした。

「イサベルは、一〇分くらい前に歯医者へ行ったよ。もう着いているはずだよ」と言ったのはセルカンでした。

「えっ、そうなの。もう行ったの？……どうして途中《とちゅう》で会わなかったんでしょうねぇ？」

　イサベルのお母さんは、困ったような表情でエヴァ先生を見ました。

「分かりましたわ。歯医者さんへ戻ってみましょう」イサベルのお母さんはそう言って、引き返していきました。

エヴァ先生は、ドアを閉めると、それに寄りかかるようにして深い息をしました。そして、「ふぅーっ、どうなるかと思ったわ」と言って、天井を見上げるようにして目を閉じました。

「セルカン、ありがとう！　私は、決してうそをついてはいけないといつも言っているけれど……今はあなたの機転《きてん》で助かったわ！」

「でも、先生！　イサベルは歯医者さんにはいないんだから、マンマがまたここに戻ってきたらどうしよう?」と、カイサが言いました。

「イサベルの母ちゃんは警察に電話するかも……」

トッペが心配そうに言いました。

「連絡を取ることはできないかなぁ、あの子と。マッズといっていた子と。イサベルに『すぐ戻れ』って言ってもらうんだ」と言ったのはセルカンでした。

「それは無理、できないわ」と言うエヴァ先生は、イサベルの椅子《いす》に腰を下ろしていました。カイサがみんなを見まわしながら「イサベルが歯医者さんにいなかったら、マンマはパニックになっちゃうわよねぇ。私のマンマだったら確実《かくじつ》になるわ」と言うと、「私のお母さんだって」と、マルチナがそれに応じました。

「イサベルの母さんが戻ってきたときには、ドアに鍵《かぎ》をかけて、みんな死んだように静かにしているというのはどうかなぁ」フレードリクが、エヴァ先生を見ながら提案《ていあん》しました。

「それも無理ね、とてもうまくはいかないわ」

エヴァ先生の表情はますます暗くなりました。私たちは、どうしたらよいのか考えられるかぎりのことを考えました。いろいろな案が出されましたが、結論には至りませんでした。

突然《とつぜん》、教室のドアが外から開かれました。イサベルのお母さんが、教室に一歩踏み込んだところで立ち止まりました。歯医者さんからずっと走ってきたにちがいありません。髪の毛が乱《みだ》れ、コートの前が開いていました。

「イサベルはいませんでした……どこに?……」

その声はほとんど泣き声でした。

グルップルムのドアに、キーが差し込まれる音が聞こえたのはそのときでした。そして、数秒後にはイサベルは教室にいました。

「待たせてごめん、マンマ！」

イサベルは、大急ぎでグルップルムのドアに鍵をかけました。

「さあ、急がなくては！」

イサベルのお母さんは「イサベル！」と叫《さけ》ぶと、娘をしっかりと抱きしめました。

「あなたは、どうしてグルップルムに閉じ込められていたの？」

「あとで説明するわ。とにかく急がなくては！　時間はまだ大丈夫よねぇ？」

イサベルは、大急ぎでキーを首から、砂時計を手首から外《はず》すとカテダンの上に置きました。

そして、私たちには何も言わずに、お母さんの腕をとると教室から出ていきました。

イサベルの報告

その日、イサベルはもう学校に戻ってこなかったので、私たちは彼女がいないままノルウェーの勉強をしました。勉強とはいっても、正確《せいかく》にはお喋《しゃべ》りなのですが。そして、その内容は、私にとってはすでに知っていることがほとんどでした。私はノルウェーには何度も行ったことがあり、かなりの知識があったからです。たとえば、ノルウェーは世界でもっとも豊かな国の一つだということです。けれども、その豊かさは北海の海底にある油田のおかげだということは知りませんでした。

エヴァ先生は、黒板にフィヨルドはどんな形をしているかを描きました。私たちは、自分のヨーロッパ・ノートにそれを写しました。一番深いフィヨルドは「ソグネ・フィヨルド」という名前ですが、ヨセフィーンはそれを知っていました。私たちの誰もが知らなかったのは、ノルウェーには「ノーレク」という別名があって、その意味は「北へ向かう道」であるとか、独立国となってからようやく一〇〇年しか経っていないということなどでした。

翌日、イサベルが登校したのでノルウェー旅行の報告を聞きましたが、私たちが最初に知りたかったのは、昨日、お母さんの追及からどう言い逃《のが》れたかでした。

「ママはね、私が無事だったので安心して、私の言うことなどほとんど聞いていなかったわ。私の言い訳《わけ》はねぇ、グルップルムに鍵をかけてこもって、秘密のプロジェクトに取り組んでいるというもの」

イサベルは、こう言ってにっこりしました。私たちも大笑いしました。私は笑いながら、私が旅行に出かけて留守の間にお母さんかお父さんが学校に来たとしたら、私はどんな言い逃れを言うかしらと考えました。両親がものすごく心配することは分かっています。その両親に決してうそをつきたくない、というのが私の本当の気持ちでした。

それから、いろいろな疑問が心に浮かびました。

——エヴァ先生が、生徒一人ひとりに秘密《ひみつ》の旅行をさせるのは本当に正しいことだろうか？

——心から行きたくないと思っている子でも、どうしても行かなければならないのか？もしも、私がお母さんにこの旅行について話したら、お母さんは間違いなく「あなたは行ってはだめ！」と言うでしょう。ペトラスのお母さんだって同じだと思います。「危険がいっぱいだわ。何も起こらないなんてあり得ないわ！」と、二人は声を揃《そろ》えて言うに決まっています。

学校からの帰り、私はペトラスにこうした考えを聞いてもらいました。

「ぼくも、そんなことを考えたことがあるよ。エヴァ先生が、マッズとかオットーという小さい人を心から信頼しているのはたしかだと思う。それに、これまでのところは危険なことは何も起こっていないしね」

私は、ペトラスの意見はもっともだと思いましたが、全面的には賛成したくない気持ちでした。そして、私たちは別れるとき、次のような約束をしました。——二人のうちのどちらであっても、旅行に出たあと帰ってこなかったら、残っているほうがいなくなったほうのお母さんに何もかも打ち明けること——

私が考えていたのは、どんな方法であれ、旅行から帰ってこられるための助けを何としても得たいということでした。私は、ペトラスとこの約束をしたことで、ずいぶん気持ちが軽くなりました。

では、すっかり遅くなってしまいましたが、イサベルの旅行についてお話ししましょう。イサベルは歯医者さんに行かなければならないということがあったため、ノルウェーにはほんのわずかしか滞在《たいざい》できませんでした。それでも、いろいろと見聞《けんぶん》していました。

イサベルは、大きな船に乗ってベルゲンを出港し、海岸に沿って航海《こうかい》しました。それは「ヒュルティグ・ルート」(15)という名前のツアーでした。沖に出ると、水面に二頭のシャチが跳《と》び上がるのが見られました。けれども、残念なことにクジラは一頭も現れませんでした。

その船にはあの少年も乗っていました。また、年をとったノルウェー人の漁師《りょうし》もいて、

(15) Hurtigruten　ノルウェー第2の都市ベルゲンと最北の都市キルケネスを結ぶ海路。1893年に産業用航路として開かれ、北部の経済活動に重要な役割を果たした。現在は観光目的に利用されている。全行程の航海には丸5日を要する。

彼は、少年時代に北極圏でアザラシ狩りをした話をイサベルにしてくれました。その当時、人々はアザラシの毛皮を傷《きず》つけないために、銃で撃《う》つのではなくこん棒で殴《なぐ》り殺したのだそうです。イサベルは、「それ以上、詳しい話は聞きたくなかった」と言いました。私も、自分がそこにいたら、やはり同じように感じただろうと思いました。アザラシを殴り殺すなんて本当に残酷《ざんこく》です。ですから私は、ヨーロッパ・ノートにはアザラシではなくシャチを描くことにしました。それは、このようにできあがりました。

エヴァ先生、病気になる

翌日、私たちの誰もが予想していなかったことが起こりました。エヴァ先生が病気になったのです。私が登校したときにカテダンに座っていたのは、いつもは給食の食堂へ付き添《そ》ってくるラグナルさんでした。彼は生徒名簿《めいぼ》をぱらぱらめくっていました。次々と登校してくる生徒たちは、教室に入ると必ず「エヴァ先生はどこにいるの?」と尋ねました。ラグナルさんは、その都度《つど》、根気よく「エヴァは病気です」と答えていました。

「病気だって？　先生はここにいないってこと？」

トッベは、疑《うたが》わしげにラグナルさんを見つめました。

「そうだよ。誰でも病気のときは家から出ないだろ。違うかい？」と言って、ラグナルさんは笑いました。

トッベは、これには答えませんでした。私は、トッベも私やほかの子どもたちと同じことを思っているに違いないと感じました。エヴァ先生はこれまで一度も教室を離《はな》れたことはなかった、ということをです。エヴァ先生が突然《とつぜん》病気になったということは、何か特別なことのように思われました。

一時間目は算数で、何事もなく進んでいきました。みんなとても集中して自分の問題に取り組んでいたので、教室はしんとしていました。二時間目は英語で、小グループに分かれてのドラマの練習でした。ここで、問題が発生しました。

「グルップルムで練習したいグループは、そこでやっていいからね」ラグナルさんはそう言いながら、カテダンの一番下の引き出しから青いビロードの紐《ひも》のついたキーを取り出しました。

「だめです！」

　全員が声を揃《そろ》えて叫びました。その声に、ラグナルさんが飛び上がりました。心底《しんそこ》驚いた証拠《しょうこ》です。それから、私たちをじっと見つめて、重大なことを尋ねるときの声で言いました。

「どうしてだめなんだね？」

　ちょうどそのとき、グルップルムの内部で軽いくしゃみのような音がしました。私は、ギクッとしました。クラスの数人が、同じようにギクッとしたようでしたので、私の空耳《そらみみ》ではなかったのだと思いました。けれども、ラグナルさんには聞こえなかったのでしょう、彼は身じろぎもせず、ずっと私たちを見たままでした。しばらくの間そんな状態《じょうたい》が続きましたが、とうとうセルカンが発言しました。探していた答えを、ようやく見つけたのだと思いました。

「ぼくたち、グルップルムは使っていないんです。イサベルが秘密のプロジェクトをやっているからです」

　イサベルは、一瞬《いっしゅん》セルカンのほうにぽかんと口を開けた顔を向けましたが、すぐに生き生きとした顔になって、こう言いました。

「そうです！　トップ・シークレットのプロジェクトでーす!!」

ラグナルさんは、二人の言葉を信じているようには見えませんでしたが、首を振りながら苦笑《くしょう》すると、とにかくキーをカテダンの引き出しに戻しました。

「分かった。では、それぞれ適当《てきとう》なスペースをつくって練習してください。多少狭《せま》くたって、みんなはもう慣《な》れているのだろうね」

私は、心の底から安心しました。全身から力が抜け、泣き出したいほどでした。私のドラマ・グループにはセルカンとカイサがいました。教室の隅《すみ》に三人の場所をつくったときにセルカンがささやきました。

「グルップルムで誰かがくしゃみをしたよね？」

カイサも、私も、頷《うなず》きました。

「あれはきっとエヴァ先生だよ。だけど、病気だというのに、どうして家ではなくてグルップルムにいるのかは不思議《ふしぎ》だけどね」

「エヴァ先生だって？」

カイサが驚いた声を上げました。そして、「病気なのになぜグルップルムにいるのかしら」と、セルカンが言ったのと同じことを押し殺した声で繰り返しました。

「エヴァ先生は、きっとグルップルムに住んでいるのだと思うの。先生は、一秒だって教室から離れたことはないのよ」

私は、ゆっくりと、でもはっきりと言いました。

「住んでいるんだって？」と、セルカンが自分の耳を疑っているかのように呟《つぶや》きました。

「それはあり得ないよ。なぜ、グルップルムに住まなくてはならないか、理由がないよ。それにベッドもないんだよ。ぼくは旅行に行ったときにはっきりと見たんだ！」

カイサも、私の顔に鋭《するど》い視線《しせん》を向けたままでした。

「クリスティーンは本気でそんなことを考えているの。あり得ないわ、エヴァ先生がグルップルムに住んでいるなんて！」と言いました。

突然、私は強い怒《いか》りを感じました。

「そりゃ、住んでいないかもしれないわ。じゃぁ、あの部屋にいるのは誰なの？　私たち三人とも、くしゃみを聞いたわよねぇ！」

私は、イライラしながら言いました。それが誰であろうと、グルップルムにいた人がくしゃみをしたことは間違いありません。

「それはそうね。じゃぁ、休み時間に覗《のぞ》いてみようか？」と、カイサは気乗《きの》りしなさそうに言いました。

「絶対《ぜったい》だめだ！　先生が何って言ったか覚えているだろう。旅行のとき以外にはグループルムに入ってはいけない。もし入ったら、もう旅行は続けられない、だろ！」

セルカンが、はねつけるように言いました。私は、その通りだと頷《うなず》きました。そのとき、誰かが後ろから私の肩に手を置きました。

「どうです、うまくいっていますか？」

ラグナルさんでした。「調子いいです」と、私は小さな声で答えながら、あわてて台本の上に目を落としました。もう、エヴァ先生についてのお喋《しゃべ》りはできませんでした。それに代わって、ドラマの台詞《せりふ》を棒読みしました。

しばらくすると、休み時間になりました。すると、カイサとイサベルが連《つ》れ立ってラグナルさんのところへ行き、休み時間中も教室にいていいですかと頼みました。

「ふむ。秘密のプロジェクトでやらねばならないことでもあるのかな？」

ラグナルさんは笑っていました。そこへヨセフィーンがつかつかと近づくと、ラグナルさんに向かって硬《かた》い表情で言いました。

「休み時間は、教室に残ってはいけないことになっています。エヴァ先生は、全員が外に出ることをお望みなのです」

「あぁ、そうなの」と言って、ラグナルさんはヨセフィーンに向き直りました。

「でもね、今日はぼくが担任だよ。そうだろ?」

ヨセフィーンは頷きましたが、唇《くちびる》は少しゆがんでいました。私は、カイサとイサベルがグルップルムのドアを開けたらどんなことになるのかと思うと本当に怖《こわ》くなり始めました。

「エヴァ先生は、それは絶対にして欲しくないとおっしゃいました。何度も何度もおっしゃいました」私も、勇気《ゆうき》を出して訴《うった》えました。

「ふむ。だけど、一回だけならそんなに大問題でもないだろう。この子たちも規則を破ろうと考えているわけでもないだろう。そうだろう?」

ラグナルさんは、カイサとイサベルの肩をもちました。二人は嬉《うれ》しそうに首を縦《たて》に振りました。

「クリスティーン、もういいことにしたら?」と、セルカンが言いました。彼は、私たちの秘密《ひみつ》を守るのにこれまで一番熱心だった人です。その人が「もういいことにしたら」と言うのはどういうことだろうと、私はセルカンを見つめました。

「クリスティーン、外へ行こうよ!」

マルチナまでがそう言って私の腕をとりました。

私はすっかり力が抜けしまって、彼女について廊下《ろうか》に出ました。

「あのね、セルカンがね、グルップルムのキーを持って来ちゃったのよ！」

廊下に出るなり、マルチナは顔いっぱいの笑いを広げて私にちらっとキーを見せました。それを見て、私も自然に笑えてきました。キーがないことが分かったときにカイサとイサベルはどうするだろうと思うと、もっと笑えてきました。

休み時間が終わって教室に戻ると、ラグナルさんは私たちはドラマを続けるようにと言いました。私たちが三人になると、セルカンはカイサを冷たい目で睨《にら》みました。

「グルップルムに入ったら、どんなことになるか分かってるだろう！」

カイサは、肩をすぼめました。

「入ろうなんて思ってなかったもん。何か音がするかどうか確かめようと思っただけよ。ク

リスティーンが言ったことが本当かどうか。エヴァ先生がグルップルムに住んでいるなんて変でしょう？」

「先生は住んでいないよ。それは間違いないよ」

セルカンの声があまりに高かったので、近くにいた子どもたちがこっちを見ました。

「クリスティーンは冗談《じょうだん》を言ったんだよ。そうだろう、クリスティーン？」

私は頷きました。そうしておくのが一番だと判断《はんだん》したからです。カイサは疑《うたが》わしげに私たち二人を見ました。そして、「もういいわ。今度、エヴァ先生が来たときに聞いてみるから」と、そっぽを向いて言いました。

少年の病気

エヴァ先生は、翌日には姿を見せたので私たちは安心しました。そして先生に、昨日の午後の地理の時間がめちゃくちゃになってしまったことを報告しました。

私たちがラグナルさんに地理はお話中心で勉強しているのだと説明したとき、彼はとても驚きましたが、ヨセフィーンのヨーロッパ・ノートを開いてみたときはもっと驚きました。彼は、私たちがこれまでにどの国を勉強したかを確かめようとしたのでした。そこには、背中に黄金の翼《つばさ》をつけたバレリーナが泣いている絵が描かれていたのです。しかも、絵には気取った文字で一行の文が書かれていました。――〝私の人生が大きく変わりますように！〟

「私たちは映画を観《み》たのです」

ヨセフィーンは、何とか言い逃れようとしました。それでみんながヨセフィーンを助けようとして、次々と勝手な説明を言い出しました。その結果、何もかもがこれ以上はないというほどこんがらがってしまいました。ラグナルさんは、私たちの言うことはひとことも信じてはいないぞ、という顔をしていました。

「みなさんが、やむなくうそをつかなくてはならないことになって、私はとても悲しい気持ちです」

カテダンの横に立って、エヴァ先生が言いました。

「私が教室を離れるということは、もう決してないようにしましょう」

「先生はとっても元気そうに見えるけど……？」

イサベルは机に両方の肘《ひじ》をつき、開いた掌《てのひら》に顔を乗せたまま言いました。

「病気だなんて、ぜんぜん見えないわ！」と、カイサがそれを受けて言いました。

「もちろん、私は病気ではありません」

エヴァ先生は、スカーフからホコリを払い落とす仕草《しぐさ》をしてからゆっくりと言いました。

「病気なのは私ではなく、私の息子です」

先生は顔を上げて、窓の外へ視線《しせん》を向けました。全員が石のように固まり、教室中は静まり返りました。エヴァ先生に男の子がいるなどとは、これまでに一度も聞いたことがありませんでした。

「男の子がいるの……なぜ教えてくれなかったの？」と、イサベルが甲高《かんだか》い声で聞き返しました。

「みなさんが知らないことはたくさんあります」

エヴァ先生は窓の外を見たままで、ひと呼吸おいてからゆっくりと言いました。私たちは、それ以上は何も言いませんでした。

「もう、このことは終わりにして、勉強にとりかかりましょう……旅行を続けます。今日、出発したい人は誰ですか？」

「はいっ、ぼく！」

　ペトラスが間髪《かんぱつ》を入れずに手を挙げました。それを見て、私は呆気《あっけ》にとられました。旅行に行きたいなどとは、ペトラスの口から一度も聞いたことがなかったからです。また、地理はペトラスの一番好きな科目でしたから、どの国へ行くかを確かめてから出発するにちがいないと思い込んでいたのです。しかし、そうではありませんでした。

「ペトラスね。では、どうぞ！　ただし、小さい人が来てくれるまで待たなくてはなりませんよ。それまでは算数をしていましょう」

　私たちは教科書を開いて計算問題を解いていきましたが、エヴァ先生は明らかに集中力を欠いていました。先生は、しばしばグルップルムを見やりました。けれども、何も起こりませんでした。そうしているうちに給食の時間になり、ラグナルさんがドアをノックして私たちを連れに来ました。

「こんにちは、ラグナル！　昨日はどうもありがとう。生徒たちからあなたの授業の話は聞いたわ。とてもうまくいったようね」

　ラグナルさんは髪をかきあげました。

「イエスでもあり、ノーでもありますね。子どもたちはとても熱心に勉強しましたよ。その一方で、グルップルムは使っていないんだなんて、訳《わけ》の分からないことを長々と喋りまくるんですよ。それに、地理の勉強では何をやっているのかさっぱり分かりませんでしたね」

　エヴァ先生は体を揺《ゆ》すって笑いました。ラグナルさんは、それをあきれ顔で眺《なが》めていました。ちょうどそのとき、グルップルムのドアにノックの音が聞こえました。ペトラスは、すぐに立ち上がりました。エヴァ先生は、今、自分がやらねばならないことは何かが分かっていないように見えました。ラグナルさんは、グルップルムのドアを見つめていました。

「エヴァ、あれは何の音です？」

「えっ、何のこと？」エヴァ先生の声はかすれていました。

「あそこからノックの音が聞こえましたよ？」

　ラグナルさんは手を伸ばして、ドアを指さしました。エヴァ先生は、教室の中を見まわしました。それはあたかも、ふざけている生徒でもいたら叱《しか》ってやろうという感じでした。でも、全員がおとなしく席に着いていました。すると、突然、セルカンが立ち上がりました。

「これが、昨日話した、イサベルがやっている秘密プロジェクトと関係あるんです」

「もうノックができるなんて！　驚きだわ！」と、イサベルが華《はな》やかな声で言いました。

「パンコーカ(16)が冷たくなっちゃうぞ、早く行かないと！　今日はパンコーカだぁ！」

　ビリーが太い声で言いながら戸口に向かいました。みんなが、それに遅れまいとあとに続

(16)　pannkaka　小麦粉に卵とミルクを加えて焼いた家庭料理。オーブンで焼くものとフライパンで焼くものの２種類がある。これを、好みのソースやシロップで食べる。

きました。

ビリーは、ラグナルさんを廊下《ろうか》に押し出していきました。私たちは廊下に出ると、すぐにきちんとした列をつくりました。これまで、一度もそんなふうにできたことはなかったのにです。しかし、その列にはペトラスの姿はありませんでした。彼はカテダンの陰《かげ》に隠《かく》れていたのです。そして、お昼をすませた私たちが教室に戻ったときには、ペトラスは旅行に出発してしまっていました。

海水浴のできない海岸

ペトラスの旅行は短いものでした。たった一時間足らずで戻ってきました。ペトラスがドアに鍵《かぎ》をかけ終わると、エヴァ先生はとてもほっとした様子でした。

「どうでした？　楽しかったですか？」

「はい。でも、ピエールは喉《のど》が痛くて、あまりたくさんの場所を訪ねることはできませんでした。ピエールとは、ぼくを案内してくれた男の子です」

「ピエールは、薄着《うすぎ》してたのではないでしょうね？」エヴァ先生は心配そうに聞きました。

「ぼくは気が付かなかったけど……でも、大丈夫だと思います。ベレーをかぶっていたし……」

ペトラスのこの答えは、エヴァ先生を満足させなかったようでした。先生はそれ以上は何も言わずに、カテダンに立ちました。そして、キーの青いビロードの紐《ひも》をもてあそんでいました。

「先生、ぼくの旅行のことを今話してもいいですか？」

「ええ、もちろんだわ！　どうぞ、始めてください」

エヴァ先生は体を屈《かが》めると、キーをいつもの引き出しにしまいました。

「ぼくが行ったのがどの国か分かる人？」

ペトラスは、気取った調子で話し始めました。

「フランス」と、ヨセフィーンが何でもなさそうに答えました。

「どうして分かったの？」

ペトラスは、少しがっかりした表情で聞き返しました。

「ピエールって、フランスの名前だもの」

「そうか、そう言えばそうだね」と、ペトラスは納得《なっとく》げに笑いました。

「それに、ベレーをかぶるのはフランス人だわ」ヨセフィーンは、当然《とうぜん》という顔で付け加えました。

「ぼくが行ったのはフランスです。もっと正確《せいかく》に言うとパリです。ぼくとピエールは、最初に地下鉄に乗ってモンマルトルへ行きました。昔も今も、芸術家がたくさん住んでいる地区です。そこでぼくは、一人の画家に似顔絵《にがおえ》を描いてもらいました」

「それ、見せてくれっ!」というビリーの声が響《ひび》きました。

「持っていません。マルチナも言ったように、旅行で手に入れた品物は持ち帰ることはできないからです。だから、それはピエールにあげてしまいました。とっても上手《うま》く描けていたとぼくは思います」と言って、ペトラスは残念そうな顔をしました。

「それから、ぼくたちはエッフェル塔《とう》へ行きました。ぼくは頂上《ちょうじょう》まで歩いて上ろうとしましたが、三階まで行ったとき、そこからはエレベーターに乗ることにしました。階段で上るのがとても辛《つら》かったからです」

ペトラスは、そこでひと息つきました。私は、笑い出したいのをこらえるのに苦労しました。運動の苦手なペトラスが、階段上りに挑戦《ちょうせん》したことがおかしかったからです。

「ピエールは、エッフェル塔についていろいろなことを話してくれました。どうしてエッフェル塔と言うのか、知っていますか?」

手を挙げたのは、やっぱりヨセフィーンだけでした。みんなが知らなかったので、ペトラスはちょっとだけ嬉《うれ》しそうな表情を浮かべました。

「この塔を建てた人がグスタフ・エッフェルという名前だったのです。塔の高さは三〇〇メートル以上あり、ヨーロッパではもっとも高い建物です」

「えっ、そうだっけ? モンブランじゃなかったっけ?」と、トッベが口をはさみました。

ペトラスを除《のぞ》いて全員が笑いました。ペトラスだけはまじめな顔で、「建物では最高です」と繰り返しました。

「自由の女神もエッフェルが造りました」

「えっ、自由の女神も? 私は知りませんでした」と、エヴァ先生が驚いたように言いました。そして、「自由の女神は何という都市にあるか知っていますか?」と言って、みんなを見まわしました。ほとんど全員が手を挙げました。

「ニューヨークです」というマリアムの答えに先生は頷《うなず》きました。

「ペトラス、あなたはフランスをどう思いますか? 住んでみたいですか?」

ペトラスは、首を横に振りました。

「パリは嫌《いや》です。すごい交通量です。それに、川で泳げません。パリを流れているセーヌ川はとても汚れています。今は、セーヌ川沿いにシャワー付きの人工の砂浜が造《つく》られています。そこで、海水浴の気分を味わうためです」

泳ぐことのできない砂浜では面白いはずはないということで、私たちの意見は一致しました。

「フランスに対しては、世界中のたくさんの大人が、男性も女性も、憧《あこが》れをもっています。なぜでしょう?」と、エヴァ先生が質問しました。

「おいしいワインと料理があるからです」とマルチナが言うと、「フランス人は、カキやイカを生で食べます」と、ビリーが言いました。「アルプスでスキーをします」とダンネが言うと、「すっごくお洒落《しゃれ》な衣服を売っています。すっごく高いそうですが」と、イサベルが言いました。

エヴァ先生は、それぞれの発言に頷きました。

「ところで、フランス語を話すのはフランス人だけではないということを、みなさんは知っていますか? フランスは、以前、多くの植民地《しょくみんち》をもっていました。植民地とは、フランスが支配した国のことです。それらの国々では、今もフランス語が話されているのです。私が頭の中で思っているのはどの国だか分かりますか？」

「カナダ」セルカンがすぐに答えました。彼は、アイスホッケーの熱狂的なファンだからです。

「モロッコ」と、ペトラスが答えました。

「ぼくは、広場で野菜や果物を売っている男の人に会いました。この人は、モロッコから来たと言っていました。ぼくに、生のナツメヤシの実をくれました。とてもおいしかったです」

そして、ペトラスは続けました。

「この人は、フランスにもう一〇年も住んでいるそうです。モロッ

コでは歯医者さんでした。けれども、フランスでは歯医者さんの仕事は見つかりませんでした。そして、フランス語が下手《へた》だと言われ続けているそうです」

エヴァ先生は、ペトラスをじっと見つめていました。

「外国から移民《いみん》して来た人たちが、新しい国の社会に溶《と》け込むのは容易《ようい》なことではありません。新しい文化に慣《な》れることも、新しい言葉を身に着けることも簡単ではありません。マリアム、あなたにはよく分かるでしょう?」

マリアムは頷きました。

「私たちは、外国からスウェーデンへ来た人々に対して、できるかぎり手を差し伸べることが大事です」と言うエヴァ先生の言葉に私たちは頷きました。そして、私はすぐさま、私の誕生パーティーにマリアムを招待《しょうたい》しようと決めました。

「まだほかに何かありましたか?」エヴァ先生がペトラスに聞きました。

「ピエールは、チャールズ・リンドバーグの話をしてくれました。大西洋を飛行機で横断《おうだん》してパリに着いた人です」

「飛行機の名前はスピリット・オブ・セントルイスだよ」と、フレードリクが言いました。

私は彼の趣味《しゅみ》は自動車と飛行機だと知っていましたから、それを聞いてもとくに感心したりはしませんでした。

「リンドバーグは、たった一人で大西洋を横断した最初の人間になりました。しかも、リンドバーグはスウェーデン人です」

ペトラスの声が得意げに大きくなりました。

「ちょっと正確ではないわ」と、エヴァ先生は微笑《ほほえ》みながら訂正《ていせい》しました。

「リンドバーグはアメリカ人です。彼の先祖がスウェーデン人なのです。どこかにリンドバーグの写真があるはずです……」と言って先生はカテダンの引き出しを覗《のぞ》き込み、「ありました！」と体を起こしました。

写真は、回覧《かいらん》されて私のところに回ってきました。革製《かわせい》の帽子《ぼうし》をかぶってゴーグルをかけた男性が、プロペラのついた飛行機の横に立っていました。その飛行機は、すぐにもバラバラに分解してしまいそうに見えました。

「こんなおもちゃのような飛行機で、そんな長い距離を飛ぼうとよく決心したなぁ」

トッベは、自分のところに回ってきた写真を見るなりそう言いました。

「本当、そうですね。たくさんの人が、トッベと同じようにリンドバーグの勇気に感心しています」

エヴァ先生は、トッペに優《やさ》しい視線を送りました。

「それは一九二七年のことでしたから、ずいぶん昔です。彼は、飛行の途《と》中《ちゅう》で何度も眠《ねむ》ってしまいそうになったそうです。でも、最後の瞬《しゅん》間《かん》に目が覚めたのです。本当に幸運だったのです」

「三三時間かかったのです、この飛行は。考えてごらんよ。たった一人で三三時間……疲れ果ててしまうのは当たり前だよ。ぼくのお父さんは、リンドバーグの大西洋横断の記録映画を持っているよ」と、フレードリクが追加しました。

それから私たちは、それぞれのヨーロッパ・ノートに文章と絵を書きました。私の周りの子どもたちはたいていリンドバーグについて書いていましたが、私はエッフェル塔について書きました。そのほうが簡単のように思ったからです。それから、モナリザの絵を描きました。数年前に家族でパリへ行ったとき、ルーブル美術館で見たことがあったからです。ペトラスがモロッコ人からナツメヤシをもらっているところも描きました。エヴァ先生が黒板に書いてくれた、スウェーデン語とフランス語の対照《たいしょうひょう》表も写しました。

その日の最後は、「1」から「10」までをフランス語で覚える練習でした。みんながよくできるようになったとエヴァ先生が判断したときに授業が終わり、私たちは家路《いえじ》につきまし

スウェーデンの教育から学ぶ！

代表的な環境教育のテキスト

視点をかえて

自然・人間・全体

B.ルンドベリィ＋
K.アブラム=ニルソン
／川上邦夫訳

214頁
2310円

ISBN4-7948-0419-9

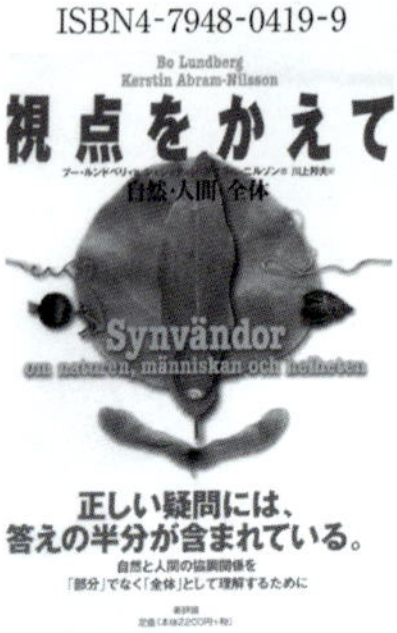

視点をかえることで太陽エネルギー、光合成、水の循環など、自然システムの核心をなす現象や原理がもつ、人間を含む全ての生命にとっての意味が新しい光の下に明らかになる。

自立していく子どもたちへ

あなた自身の社会

スウェーデンの中学教科書

A.リンドクウィスト
J.ウェステル
／川上邦夫訳

228頁
2310円

ISBN4-7948-0291-9

皇太子さま45歳（2/23）の誕生日に朗読された詩『子ども』収録。一人立ちをしはじめた年代の子どもたちに自分を取り巻いている「社会」というものをわかりやすく伝える。

あせらないで ゆっくり学ぼうよ

スウェーデンののびのび教育

●河本佳子

「あせらなくてもいいじゃないか。一生涯をかけて学習すればいい」。グループ討論や時差登校など平等の精神を築く、ユニークな教育事情（幼稚園～大学）を自らの体験を基に描く。

ISBN4-7948-0548-9

243頁　2100円

大変なんです、でも最高に面白いんです

スウェーデンの作業療法士

●河本佳子

患者の障害面ばかりをみるのではなく、患者の全体像をも見極めて治療訓練にあたる「作業療法」。福祉先進国スウェーデンで現場に立つ著者の大変でも最高に面白い記録。

ISBN4-7948-0475-X

250頁　2100円

発見と学習を促す 新しい環境作り

スウェーデンのスヌーズレン

●河本佳子

【世界で活用されている障害者や高齢者のための環境設定法】障害者の興味の対象となるものを身の回りに置くことで、新たな発見が生じ、様々なコミュニケーションが生まれる。

ISBN4-7948-0600-0

208頁　2100円

一割であることの意義とは？

オルタナティブ教育

●永田佳之

【国際比較に見る21世紀の学校づくり】「一割の妙」マイノリティの声が反映される社会空間の創設を―。デンマーク、タイ、オーストラリア他に見るスキマとアソビの教育世界。

ISBN4-7948-0664-7

370頁　3990円

日本にとって、未来の学校がここにある

ライブ！スウェーデンの中学校

●宇野幹雄

【日本人教師ならではの現場リポート】入学試験なし、休暇中の宿題なし。ちょっとユニークな経験をもつ日本人教師が、スウェーデンの中学生のありのままの姿を綴る。

ISBN4-7948-0640-X

272頁　2520円

あなたは、どこで何を買っていますか？

北欧の消費者教育

●北欧閣僚評議会編／大原明美訳

【「共生」の思想を育む学校でのアプローチ】「自立・共同・共生」の視点から体系化を図り、成熟社会へ向けた21世紀型消費者教育モデルとしての画期的実践ガイド！

ISBN4-7948-0615-9

160頁　1785円

デンマークの民衆学校とは

改訂新版 生のための学校

●清水満

【デンマークに生まれたフリースクール「フォルケホイスコーレ」の世界】テストも通知表もないデンマークの民衆学校の全貌を紹介。新版にあたり、日本での新たな展開を増補。

ISBN4-7948-0334-6

334頁　2625円

小さな塾から教育の未来を問う

学びへの挑戦

●小笠毅

【学習困難児の教育を原点にして】「子どもの権利条約」を縦軸に、インクルージョン教育を横軸に、障害児教育を原点に据えて分析し、解決をめざす「遠山真学塾」の挑戦。

ISBN4-7948-0492-X

240頁　1680円

小さな塾から人と社会の“いま”を問う

比較障害児学のすすめ

●小笠毅

【日本とスウェーデンとの距離】傷害の有無によって学びの場を分ける日本と、他者との違いを認めながら共に学ぶ場をつくるスウェーデンの比較から、教育の未来を問う。

ISBN4-7948-0619-1

248頁　2100円

前大使がレポートする最新事情

スウェーデン・スペシャル［I］

高福祉高負担政策の背景と現状

●藤井 威

福祉大国の独自の政策と市民感覚を、金融のスペシャリストでもある前・駐スウェーデン特命全権大使が解き明かす最新事情レポート。クリスター・クムリン 元・在日本スウェーデン大使 すいせん！

ISBN4-7948-0565-9

258頁　2625円

本邦初の〈ラトヴィア論〉も紹介

スウェーデン・スペシャル［II］

民主・中立国家への苦闘と成果

●藤井 威

遊び心の歴史散歩から、歴史的経験に裏打ちされた中立非同盟政策、独自の民主的統治体制の背景が見えてくる。歴史、言語、民族性などを記述した「付説・ラトヴィアという国」収録。

ISBN4-7948-0577-2

314頁　2940円

高度に発達した地方分権の現状

スウェーデン・スペシャル［III］

福祉国家における地方自治

●藤井 威

高福祉、民主化、地方分権など日本への示唆に富む、スウェーデンの大胆な政策的試みを「市民」の視点から解明する、前大使の最新レポート3。

追悼 アンナ・リンド元外相

ISBN4-7948-0620-5

234頁　2310円

日本・北欧 政治関係史入門

日本人は北欧から何を学んだか

●吉武信彦

日本人が北欧のいかなる点を学ぼうとしたのかを、時代背景となる日本・北欧間の政治関係の歴史を江戸時代から現在まで整理し、共に歩んできた豊かな歴史的関係を検証！

ISBN4-7948-0589-6

256頁　2310円

バルト三国を独立に導いた「歌の革命」

木漏れ日のラトヴィア

●黒沢 歩

世界遺産の街リーガに住む日本人女性によるラトヴィアリポート。バルト三国を独立に導いた「歌の革命」。人々のあり方と心情、文化を四季折々の暮らしのリズムの中に追う。

ISBN4-7948-0645-0

256頁　2520円

過去から現在に至る歴史の歩み

物語スウェーデン史

●武田龍夫

【バルト大国を彩った国王、女王たち】北欧の地で繰り広げられた歴史ドラマを豊富な写真と図版で再現！歴代の国王・女王を中心として物語風に「面白く」読めるよう工夫。

ISBN4-7948-0612-4

238頁　2310円

た。

その道々、私とペトラスが、彼のフランス旅行についてお喋《しゃべ》りをしたのは言うまでもありません。私はまず、行き先も分からないのにペトラスが名乗りを上げたのに驚いたことを話しました。ペトラスの答えは、「自分のリロンを確《たし》かめたかったからだ」でした。

「エヴァ先生が、自分の子どもが病気だと言ったことを覚えてるだろう？　ぼくのリロンというのは、もしそうだとしたら、ぼくを案内してくれる子どもも病気にちがいないというものなんだ。その通りだったよ！」

私はそれを聞いて思わず足が止まり、すぐそばにあった樹木《じゅもく》に寄りかかってしまいました。とてもショックでした。時間的にも空間的にも自由自在の旅行で、私たちを世話してくれる子どものお母さんがエヴァ先生だなんて……。

「だったらペトラス、あなたは二人がグルップルムに住んでいると思うの？」

ペトラスは、しばらく沈黙《ちんもく》しました。

「分からない。でもね、ぼくもくしゃみを聞いたんだよ。そこにいない人がくしゃみをする

なんてことがあるだろうか?」

「じゃぁ、もし住んでいるとして……家具なんかはあったの?」

「それも、ぼくが早く出発したかった理由の一つだったんだよ。家具があるかどうかを確かめようと思ったんだ」

「あったの?」

「確実《かくじつ》なことは分からなかった。中がとても暗かったのと、ピエールがそこに立っているのを見たとき、ほかのものは何も見えなくなってしまったんだ。だから……今度クリスティーンの番のとき、それを確かめてくれよ」

「私が?」

「そうさ、君がだよ! エヴァ先生は、ぼくたちは一人残らず旅行をするんだって言っているだろう。だから、クリスティーンにだって確かめるチャンスがあるからさ。そうだろう?」

私は頷《うなず》くほかありませんでした。それと同時に、明日にでも、次は私が行きたいとお願いしようと思いました。私が出発するべき日が来たのです。

オーケさんの来訪

　しかし、その日には私の出発はありませんでした。別の人が行ったのでもありません。その日、私が教室に着いてみると、管理主任《かんりしゅにん》のオーケさんとエヴァ先生がカテダンのかたわらで話をしていました。オーケさんは、グルップルムに入りたいと言っているのでした。

「グルップルムにですか？」

　エヴァ先生は、とんでもないことを聞いた、とでもいうような表情をしました。

「ええ、グルップルムにです！　学校中の部屋を検査《けんさ》して、備品の点検《てんけん》をするのです」

　オーケさんは、少しいらだった声でした。

「そ、それは、何のためにですか？」先生の声はかすれ気味《ぎみ》でした。

「全部がきちんとなっているかを自分で確かめたいのですよ。確かめたら、部屋にあるもののリストをつくるのですよ。先生は、それが気に入らないのですか？」

　オーケさんは、今にも爆発《ばくはつ》しそうでした。

「いいえ、そんなことはありません」

エヴァ先生の声が急に柔《やわ》らかくなりました。

「私がやっておくというのではいけませんか？　あなたには、まだまだたくさんの部屋が残っているのでしょう？」

「先生がやってくださる？」

オーケさんは、首のところが痒《かゆ》かったらしく、手にした折りたたみ式の物差しを自分のシャツの襟《えり》のところに押し込むようにして掻《か》きました。

「それはご親切に、どうも……」

「調べ終わったら、リストをあなたの事務室の書類受けに届けますわ。給食の時間が終わるころまでには」

エヴァ先生は、最高の微笑《ほほえ》みを浮かべてそう言うと、オーケさんが片方の手に持っていた紙を取り上げました。

「そうですか……それでもいいですが……」と言うオーケさんは、少しも満足そうではありませんでした。

「では、そうしましょう。約束しましたわ！」

エヴァ先生はドアに歩み寄るとオーケさんのために開け、オーケさんが出ていくと急いで閉めました。

「まず、これを最初に片付けてしまうのがいいでしょう」

先生はオーケさんが持っていた紙に目を通しながらそう言うと、「しばらく自習していてくれますね？」と私たちに言いました。もちろん、私たちは頷《うなず》きました。

「では、ヨーロッパ・ノートにやり残していることを書き加えていてください」

エヴァ先生は、そう言い残してグルップルムに姿を消しました。

私は、フランスの国旗に色を塗《ぬ》りました。「とてもきれいだわ」と、隣の席のマリアムが覗《のぞ》き込んで言いました。

「ありがとう。マリアムのだってよ！」

「そお、ありがとう……。ねぇ、クリスティーン、あなたはどの国へ行ってみたいの？」

私は肩をすぼめました。これまでにもうずいぶん考えたのですが、まだ決めかねていたからです。

「マリアムはどこへ行きたいの？」

「本当はイラン」と言って、マリアムは白い歯を見せました。私も微笑み返しながら言いました。

「旅行先はヨーロッパだけなのよ」

「だから、たぶんトルコ。モスクがある所へ行きたいの。イランのモスクと違っててもいいから」

私は頷きました。マリアムが母国を懐《なつ》かしんでいることはよく分かっていたからです。彼女は、休み時間などによくペルシャ語の本を読んでいましたし、机の中にはイランにいる親《しん》類《るい》の写真をしまっていました。

エヴァ先生が、グルップルムから出てきました。

「終わりましたよ」

先生はカテダンの上に紙を置くと、それに何かを書き込みました。

「誰か、これをオーケさんの事務室へ届けてくれる親切な人はいませんか？」

ビリーの手がすぐに挙がりました。そして、一〇秒後にはビリーは教室を出ていきました。

「午後は次の旅行を実行しましょう。行きたい人は誰ですか？」

エヴァ先生は、晴ればれした表情でした。マリアムの手が挙がるのを見て、私は自分の手を挙げることを思いとどまりました。

「私が行きたいです。行き先を選べますか？」と、マリアムが尋ねました。

「それは保証《ほしょう》できません。でも、どこへ行きたいの？」エヴァ先生が問い返しました。

「トルコです」

ためらうことなくマリアムは答えました。すると、セルカンがマリアムのほうに振り向きました。眉《まゆ》をよせて、何かを言いたげな表情でした。「できるだけのことはしてみましょう」、エヴァ先生も眉をよせて自分で確かめるように言いました。

「では、お昼です。午後、マリアムはトルコへ出発します」

ルッカン作動せず

午後の授業が始まると、グルップルムのドアがノックされ、マリアムがカテダンへ駆《か》けていってエヴァ先生からキーを受け取りました。そのあと、砂時計が手首に取り付けられて呪《じゅ》文《もん》の復唱《ふくしょう》をしたのはいつもの通りでした。

「楽しんでこいよ！　おれの親戚《しんせき》によろしく言ってくれよな！」と、セルカンが大きな声で言いました。

私たちは全員が笑いました。それにつられて、マリアムの緊張《きんちょう》した顔も少しほころびました。それから私たちは、マリアムが内側から鍵《かぎ》をかける音を聞きました。その二、三分後のことです。ドアに鍵の音がもう一度して、マリアムが姿を現しました。目には涙があふれていました。エヴァ先生がどうしたのかと尋ねたのに対して、マリアムは泣き声で答えました。

「だめなんです！　何にも起こらないんです。トルコへは行けません！」

「そうなの、トルコへは行けないのね。なぜでしょうね？」

先生は、マリアムの涙をスカーフの端《はし》で拭《ふ》きました。

「トルコはアジアとヨーロッパの両方にまたがってるでしょ。そのためではないかって、グルップルムの子どもは言ってました」

「そうかもしれないわね……ところで、子どもはまだカゼのようだった？」と、エヴァ先生が尋ねました。

マリアムは、ちょっと意外だと言う表情になりました。

「カゼ？……私はぜんぜん気にしていなかったけれど……そんなことはないようだったわ」

ヨセフィーンが手を挙げて発言しました。

「マルチナがロシアへ行けたのはどうしてかしら。ロシアも半分以上がアジアなのに？」

　私たちはヨセフィーンを見ました。彼女の言う通りです。

「首都のモスクワがヨーロッパにあるからじゃないかなぁ。アンカラはそうじゃないもの」とペトラスが言うと、「そうだ、アンカラはアジアだよ」と、セルカンが後押しをしました。

「きっとそうね。もっと調べなくてみなければはっきりしたことは言えないけれど……きっとそれが原因でしょう」と、エヴァ先生が言いました。そして、マリアムの頬《ほほ》の涙を拭きながら続けました。

「そんなに悲しむことはないのよ。別の日に、別の国へ行けばいいのだからね」

「でも、モスクのある国はヨーロッパの中にはほかにないんです」

　マリアムの声は、今にも泣き出しそうでした。

「そうね、でも、よく考えてみましょう。きっといい考えが浮かぶわ」

　そう言って、先生はマリアムを自分の席に戻らせました。

「さあ、みなさん、このことはもう忘れましょう。心を落ち着けて普段《ふだん》通りになってください。これからの時間は読書の時間にしましょう。私が本を読みます」

　私は、先生が本を読んでくれるのが大好きで、いつもならすぐに引き込まれてしまうのですがこの日はまったく集中できませんでした。エヴァ先生が、グルップルムの子どもをとても気にかけているのは明らかです。私の頭の中には、次のような疑問が浮かんでは消えました。

――その子は本当に先生の子どもなのだろうか？　それなら、教室に姿を見せないのはなぜだろう？

――ベーリット先生は自分の子どもを私たちに紹介したのに、エヴァ先生はなぜそうしないのだろう？

――本当に、先生たちはグルップルムに住んでいるのだろうか？　あんな狭《せま》い所に⁉

〝グルップルムの子どもはどんな子だった？〟

私は、メモ用紙に走り書きしてマリアムに手渡しました。

〝私たちと同じくらいの年齢《ねんれい》。髪の毛は茶色〟

マリアムからすぐに返事が戻ってきました。

〝エヴァ先生に似ている？〟

私は別のメモ用紙を取り出し、少し考えてからそう書いて渡しました。マリアムは、自分の目を疑《うたが》うかのようにそれを何度も何度も読み返していました。しばらくして、マリアムは答えを書きました。

〝ええ、そっくりと言っていいわ〟

ＥＵ《イーユー》諸国

「私を、すぐにも旅行にやってください」と、エヴァ先生にお願いしようと思ってたことは読者のみなさんには前にお話しました。でも、そうはなりませんでした。私がカゼをひいて、まるまる一週間学校を休んでしまったからです。ある日、ペトラスが訪ねてきて、その間に何人かのクラスメートが旅行に出かけたことを報告してくれました。最初に出かけたのはフレードリクで、行き先はベルギーだったそうです。そして、ブリュッセルに置かれているＥＵ議会を傍聴《ぼうちょう》したそうです。

「クリスティーンはＥＵって何だか知ってるかい？」ペトラスが試すように聞きました。

「んーとねぇ……ヨーロッパ連合でしょう？」と言って、私は咳《せき》こみました。

「当たり！　その目的は何だか知ってる？……参加国が一つになり、お互いに戦争はしないということなんだよ。参加国の間では、旅行をしたり留学《りゅうがく》するのがとても簡単になったんだって」

「うん、聞いたことがある」

「エヴァ先生は、フレードリクが傍聴した議会では何を議論していたかって聞いたんだ。フレードリクは『EUの拡大です』って答えたんだけど、クリスティーンはEUの拡大って何だか分かる？」

「それはねぇ……」

　私はあくびをしました。急に熱っぽいのと疲れているのを感じました。

「EUの拡大……」と、ペトラスは繰り返しました。

私は降参《こうさん》して、首を横に振りました。

「たくさんの国が参加したがっているんだよ、EUに。でも、入りたい国の全部が入れるわけじゃないんだ。それを聞いたとき、ビリーがね、大きな声で

叫《さけ》んだよ、いつものようにさ。『全部の国が入れないんだって？　どうしてなんだよ、連合なんだろ⁉』」

私にはビリーの姿が見えるようで、思わず笑ってしまいました。

「ビリーは正しいと思うわ。入りたい国はみんな入れるべきだもの」

「そうかもしれないけれど、民主主義でなければだめさ」

私は、のど飴《あめ》を一つ口に入れて袋をペトラスに差し出しましたが、彼は首を横に振りました。

「エヴァ先生は、人は誰でも自分の意見が言え、自分の考えに従って投票《とうひょう》できるべきだって言うんだよ」

「人間は、動物や環境《かんきょう》を大切にしなければいけないのよ」

私は、急に思い付いたことを言いました。マルチナと私は、「北欧動物虐待禁止協会《ほくおうどうぶつぎゃくたいきんしきょうかい》」のメンバーです。私は、ヨーロッパ中で動物が生きたままで長距離を輸送されているのを知ったときには、とても腹が立ちました。

「その通りさ」と、ペトラスが同意しました。

「スウェーデンがＥＵに入ったのはいつだった？」と、私が聞きました。

「一九九五年。そのときには国民投票《とうひょう》があったんだよ。賛成派が勝ったんだ」

「フレードリクの旅行ではほかに何があったの?」

「彼が帰ってきてからね、ぼくたち投票をしたんだよ。EUに入るのは得か損かについて。どちらが勝ったと思う?」

私は、肩をすぼめました。

「賛成派だよ」

ペトラスはどうも反対派だったらしく、その声には満足感がありませんでした。彼は、私の勉強机から紙を一枚取ると、賛成派と反対派の主な意見をそれぞれ五項目ずつを書きました。

「ペトラスは、どちらに投票したの?」と念

賛成派の意見

1．加盟国間の戦争が起こらない（希望として）。
2．留学が自由にできる。
3．スウェーデンの貿易に有利。
4．パスポートなしに旅行ができる。
5．加盟国の協力で環境がよくなる。

反対派の意見

1．全体がよくなるためには、スウェーデンなど豊かな国の負担が大きくなる。
2．税関がいい加減になり、麻薬《まやく》が楽に持ち込まれる。
3．役所の手続きが煩雑《はんざつ》になる。
4．スウェーデンの法律よりEUの法律が優先《ゆうせん》する。
5．自分のパスポートが欲しい。

のため聞いてみると、ペトラスの答えは私が推測《すいそく》した通り「反対」でした。

「エヴァ先生はどちらだった？」とさらに聞くと、「先生は投票しなかったよ。『みんなが、自分自身の意見をもつことが大事だ』ってさ」

それは、先生がいつも言っていることでしたので私は納得《なっとく》しました。

ペトラスはさらに、ベルギーでは二つの言語が使われているが、それらは何語か知っているかと聞きました。私が「知らない」と答えると、南部地方ではフランス語、北部地方ではフラムランド語だと教えてくれました。フラムランド語とは、私は初めて聞く名前でした。それで、ペトラスが私をからかっているのではないかと疑いました。でも、そうではありませんでした。フラムランド語というのは、私たちが「フランドル語」と呼んでいるものだったのです。

私は、自分のヨーロッパ・ノートにベルギーのページをつくり、ヨーロッパ議会の絵を描いた横に「炎《ほのお》（flamma）」を書き加えました。フラムランド語（flamländska）を忘れないためです。

一人の少女

ペトラスは、家に帰らなくてはならない時間までまだしばらくあったので、次の旅行について話を始めました。その前に、彼は私の咳《せき》がかからないように、少し離《はな》れたところに座り直しました。

「フレードリクの次はベンジャミンが出発したんだよ。ベルギーの隣の国へ……。どこだか分かるかい？」

「オランダかしら？」

「そう、当たり！　でもね、オランダは本当は『ネーデルランド』と言うんだって。それはともかく、ベンジャミンが行ったとき、オランダは第二次世界大戦の真《ま》っ最中《さいちゅう》だったんだ。そこで、ベンジャミンが誰に出会ったかを当ててごらん？」

私は、首を横に振りました。

「有名なユダヤ人の女の子……日記を書いた……ナチスから隠《かく》れていた……」

私は、息が止まるほど驚きました。アンネ・フランク？……まさか……。

「アンネ……？」と、私は声を潜《ひそ》めて答えました。ペトラスは頷《うなず》きました。そして、続けました。

「アンネと家族は、本棚《ほんだな》の後ろに造った部屋に隠れていたんだ。一日中、物音をぜんぜん立てないようにしていなければならなかったんだ。それはとても恐ろしい状態《じょうたい》だった、とベンジャミンは言っていたよ。それにベンジャミンは、その後、アンネが強制収容所《きょうせいしゅうようじょ》へ送られ死んでしまうことを知っていたからね。もちろん、彼はそんなことは口に出さなかったけれども……それに、アンネも家族も、ほとんど喋《しゃべ》らなかったそうだよ」

「ちっとも不思議《ふしぎ》じゃないわ。隠れ続けなければならないのだもの」と、私は低い声で言いました。

「アンネには、ほんの少しだけれどもほかの人との交際《こうさい》があったんだよ。同じ所にもう一組の家族が住んでいて、そこにペーテルという男の子がいたんだ。ベンジャミンは、ペーテルとはちょっとたくさん話をしたんだって」

　私は、今年の夏休みに『アンネの日記』を読んだので、そこでペーテルについて書かれていたことを思い出しました。そのアンネとペーテルに、ベンジャミンは会っただなんて……。

「ベンジャミンは、あの日記を見たのかしら？」

しばらくしてから、私は聞きました。

「ベッドの上にあったそうだよ。赤い格子柄《こうしがら》の表紙で。アンネは、日記のことを『キティー』と呼んでいたんだって。もちろん、ベンジャミンは中を見たんじゃないよ。だいたい、他人に日記を読ませてくれなんて頼めることじゃないもの」

もちろん、私も同じ考えで首を縦《たて》に振りました。

「クリスティーンは、オランダに行きたくはなかったの？」

突然《とつぜん》、ペトラスが質問をしました。私は、何と答えたらよいのか迷いました。アンネ・フランクに会うのはすごいことだと思う一方で、一〇〇パーセントの秘密の中で生きているアンネに出会ったらどう接すればよいのかまったく分からなかったからです。

「行かなくてもよかったわ。きっと、泣いてしまったと思うから」

しばらく考えてから、私はそう答えました。それからペトラスと私は黙《だま》っていましたが、ペトラスが先に口を開きました。

「ぼくもきっとそうなったよ。マリアムは、話を聞いただけで泣いてしまったからね」

私は、マリアムの気持ちがよく分かりました。私も、間違いなく泣いただろうと思いました。それで、病気で休んでいたのは幸いだったとさえ思いました。

それからペトラスは、自分のヨーロッパ・ノートを見せてくれました。ページの全体をチューリップの花が取り巻いていました。アンネ・フランクについては、開かれた日記帳の絵を描き、その中に文章を書いていました。運河《うんが》や風車も描かれており、ページの隅《すみ》には木靴《きぐつ》をはいた小人が描かれていました。

「きれいだろう?」と、ペトラスは自慢《じまん》しました。

「うん」、私はずっとアンネのことを考えていたので半《なか》ば上《うわ》の空《そら》で答えました。ユダヤ人だというだけで、数年もの長い年月を小さな部屋に自分を閉じ込めていなければならなかったのは、考えれば考えるほどかわいそうでなりませんでした。まったく不公平な人生を送る人がいるのだと私は心から思いました。

喧嘩《けんか》

ベンジャミンのオランダ旅行の話が終わったので、私は冷蔵庫からアイスクリームを取ってきて、二人でテラスに出てそこの椅子《いす》に座りました。

「昨日はね、ほかにも事件があったんだよ。何だと思う?」

ペトラスは、アイスクリームをなめながら聞きました。

「知らないに決まってるじゃない」私もアイスクリームをなめながら答えました。

「エヴァ先生は、何度もグルップルムに入ったり出たりしたんだ」と、ペトラスは話し始めました。

「きっと、部屋の中がきちんとなっているかを確《たし》かめたり、整頓したかったのだと思うよ。ところが、先生が三度目にグルップルムに入っている間に、トッベとビリーが喧嘩《けんか》を始めたんだ……」

――二人がいさかいを起こすのはいつものことで、そのときは休み時間のサッカーが原因でした。セルカンやペトラスやそのほかが二人を静まらせようとしましたが、ビリーは言うことを聞かず、トッベの顔の真ん中を握りこぶしで殴《なぐ》りました。「アイヤーッ」、トッベは叫び声を上げて床に転がりました。「畜生《ちくしょう》！　殴りやがったなっ！」、起き上がりながらトッベが怒鳴《どな》りました。鼻血が流れ出ていました。

ちょうどそのとき、5Bの担任のレンナート先生が入ってきました。騒ぎを静めるには天の助けでした。トッペは蜂《はち》のように興奮《こうふん》していたので、どうしたらいいか誰にも分からなかったのです。レンナート先生は、まずビリーの腕をしっかりつかんで動きを止めました。次に、トッペを保健室へ行かせました。それから、ビリーのトレーナーを引っ張ってきちんと整えて、ビリーを落ち着かせました。ビリーは、今にも泣き出しそうな顔をしていました。

「エヴァはどこにいるの？」

レンナート先生は、生徒に向き直りました。教室中が静まり返りました。しばらくして、誰かが「グルップルム」と言いました。レンナート先生は、黙《だま》ってグルップルムに歩み寄るとドアの把手《とって》に手をかけました。先生は鍵《かぎ》がかかっていることにすぐに気付き、驚いた顔で生徒を振り返りました。

「鍵がかっている？　キーはどこにありますか？」先生の声が変わりました。

しばらくは誰も口を開きませんでしたが、そのうちにイサベラが「エヴァ先生が持っています」と言いました。レンナート先生は、イサベラがふざけているのではないかといった面《おも》持ちで彼女を見つめました。

「どうして、エヴァはドアに鍵をかけたのですか？」

みんなは黙っていました。すると、レンナート先生はドアをどんどんと叩《たた》きだしました。

「エヴァ！　エヴァ！　そこにいますか？」

中からは何の答えもないばかりか、物音ひとつしませんでした。

「だいたい、レンナート先生は何かを怖《こわ》がったりするような人じゃないだろ。それなのに、そのときはとても怯《おび》えているようだったよ。本当だよ」と、ペトラスが言いました。

「それからどうなったの？」と、私はどきどきしながら話の続きを促《うなが》しました。

――「私たち、本当のことを言ったほうがいいわ！」と、突然イサベラが言いました。教室は、完全に沈黙《ちんもく》しました。レンナート先生はドアを叩くのをやめ、身動きひとつせず、鋭《するど》い視線《しせん》をイサベラに投げかけました。

「それはどういうことですか？……エヴァに、何かが起こったのですか？」

そのときペトラスは、レンナート先生をとても気の毒に感じたそうです。先生はとても親切で、心の優しい人だったからです（本当のことを言えば、私は四年生のとき、担任がベーリット先生ではなくレンナート先生だったらよかったのにと、ずっと思い続けていたのでした）。

「それは、どういうことですか？」レンナート先生は繰り返しました。

「イサベルに賛成です。本当のことを言ったほうがいいと思います」

カイサでした。カイサはいつもイサベルが言うことに賛成するばかりで、自分の意見をもったことのない子でした。それで、ペトラスはそのときにものすごくいらだったそうです。

「それはだめだよっ！　レンナート先生にグルップルムのことを話すことができるのはエヴァ先生だけだろう？」

セルカンが、椅子《いす》を倒しながら立ち上がりました。クラスのみんなが賛成しました。そこへトッベが、鼻の穴に脱脂綿《だっしめん》を詰めてもらって戻ってきました。

「君たちは、お互いに謝《あやま》るんだよ」

レンナート先生は、いつもエヴァ先生がするのと同じやり方でトッベとビリーの手を取って握手《あくしゅ》させました。二人は「ごめんよ」と言い合いました。ビリーは、とても後悔《こうかい》している様子でした。レンナート先生にもほっとした表情が浮かびました。先生は生徒たちに向かって、「もう自分の教室へ戻らなくてはならないが、本当のことについてはあとでエヴァ先生に聞いてみる」と言いました。

「それで、エヴァ先生はいつ戻ってきたの？」

　私は、知りたくてならなかったことを聞きました。

「レンナート先生が出ていってからすぐだったよ」

　ペトラスは、それからどうなったのかや、エヴァ先生がレンナート先生と話をするつもりだと言ったことを聞かせてくれました。また、生徒たちが、トッベとビリーの喧嘩《けんか》騒ぎや、レンナート先生のノックの音がエヴァ先生にはぜんぜん聞こえなかったのは変だと言うと、先生はやらなければならないことがいっぱいあってそれに没頭《ぼっとう》していたのだと説明したそうです。でも、ペトラスはそれに納得していませんでした。

「私もだわ、とってもおかしいもの……。それで、旅行はもうなかったの？」

「あったんだよ、その日のうちに！　今、それを話そうと思っていたところなんだ」

「じゃ、ちょっと待ってて。アイスクリームをもうひとつ取ってくるから。話に夢中になって食べるのを忘れたから溶《と》けちゃったの。ペトラスもいる？」

「うん、欲しい！」

闘牛士《とうぎゅうし》

次の旅行にはカイサが行くことになったとき、ペトラスは訳《わけ》もなくほっとしたそうです。「たぶんそれは、それまでのカイサの態度が気に入らなかったからだと思う」と、ペトラスは説明しました。たしかに、カイサは何につけても自分の仲良しの言うことに従《したが》うというタイプの子でしたから、私はペトラスの気持ちが分かるような気がしました。とくに、何かを二人が一組となってやるときに、もしイサベルと一緒《いっしょ》になれなかったらたちまち泣き出しそうになる子でした。ひとことで言えば、自立していない子でした。

ですから、私が最初に思ったことは、カイサは一人でちゃんと旅行ができるのかしら、でした。しかし、カイサが向かったのがスペインだと聞いたときは、それなら大丈夫だろうと思いました。カイサのお母さんが再婚《さいこん》した相手はチリの出身だったので、カイサはスペイン語が話せたからです。

「エヴァ先生は、それを考えて決めたんだと思うよ。そう思わないかい?」と、ペトラスが言いました。私は肩をすぼめてみせました。エヴァ先生が何を考えるかは、誰も推測《すいそく》することはできないのです。

「とにかく、カイサはスペインへ行って帰ってきたんだ。ぼくのノートを見せようか？」

ペトラスは、ゴミの散乱《さんらん》した海岸に、二人の旅行者がスーツケースを手にして立っているところを描いていました。その絵の下には、「今年は四九九九万九九九九八人のツーリストが来訪《らいほう》」と書いてありました。私は、それを読んで笑ってしまいました。私は、マリョルカ（マジョルカ）島へは夏休みや冬休みに家族と行ったことが何度かありました。いつ行っても、たくさんの旅行者がいました。レストランのメニューには、スウェーデン語も書かれていました。

「そう、バレアレス諸島に行ったことがあるんだ」ペトラスが知ったかぶりに言いました。

「違う、マリョルカ島」私は訂正《ていせい》しました。

「だからさ、バレアレス諸島へ行ったんだよ。マリョルカ島はバレアレス諸島のひとつなんだもの。イビザ島もそうだよ」

ペトラスは自慢《じまん》そうでした。彼が、世界地理をよく知っているのには本当に驚かされます。

「スペインの群島で、バレアレス諸島の次に大きいのはどこか知ってる？」ペトラスはさらに続けました。

「知っているわ。カナリア諸島でしょう」

私は、アイスクリームのスプーンをテーブルの上に置きながら答えました。

「でも、どうしてペトラスは金塊《きんかい》なんかを描いたの？」

私は、ペトラスのノートを指さして聞きました。

「金は南アメリカにたくさんあったんだよ。スペイン人が南アメリカへ遠征《えんせい》して征服《せいふく》したのは、金を手に入れるためだったからね」

「あら、そうなの？」

「南アメリカでスペイン語が話されているのもそのためだよ。ブラジルだけはポルトガル語だけどね。ブラジルは、一時、ポルトガルの植民地になったから」

それからペトラスは、ノートに描かれた赤色と紫色の二つの四角形を指さして質問をしました。

「これ、何だと思う？」

私は肩をちょっと上げ、首を傾《かたむ》けてみせました。

「闘牛士のケープだよ」

「どうして紫色のも描いたの？　あれはたいてい赤じゃないの？」私は不思議《ふしぎ》に思って聞き

ました。

「カイサの説明ではね、闘牛の初めの段階では、銛《もり》を打ち込む役の二人のバンデリレロが紫色のスカーフで牛を興奮《こうふん》させるんだって。それから、剣《けん》を持ったピカドールが馬に乗って登場するんだよ。(17) クリスティーンも、闘牛士フェルディナンドの名前は聞いたことがあるだろう？」

私はもちろん知っていたので、頷《うなず》きました。

「ぼくは、最初は闘牛士を描いてみたんだけど、うまく描けなかったんだよ」

ペトラスは、消しゴムでこすられて黒ずんだ個所を指で示しました。たしかに、そこには闘牛士らしい輪郭《りんかく》を見ることができました。

「カイサはね、闘牛は見物しなかったんだって。その代わりに行ったのはね、クラス中の者が羨《うらや》ましがる所だったんだよ！　サンチアゴ・ベルナベウ、どこだか分かる？」

「知らない。知ってないとおかしい？」

私は、ペトラスの質問をうるさく感じて口を尖《とが》らしました。

「レアル・マドリードのホームグランドだよ」

ペトラスは、ちょっと自慢げに顎《あご》をしゃくって言いました。私は、たいしてサッカーに興

(17)　闘牛士には、主役のマタドール（matador）、銛《もり》を打ち込む役のバンデリレロ（banderillero）、馬に乗って槍で牛を刺すピカドール（picador）、助手のペネオ（peneo）がある。

味もないのにもったいぶった様子のペトラスを内心、ばかみたい、と思いましたが、もちろん口には出しませんでした。

「カイサが見たのはどことの試合だったと思う?」

ペトラスは、さらに質問を続けました。

「レアル・マドリードのでしょう?」

「レアル・マドリードとどこかって聞いてるんだよ」

「知らないわ、そんなこと!」

私は、世界中の有名選手がレアル・マドリードでプレイしていることぐらいは知っていました。学校で、セルカンやその友達が始終《しじゅう》それを話題にしていたからです。ある日、ホームルームの時間にセルカンがサッカー・クイズをやり、そこでレアル・マドリードについての問題がたくさん出されました。

イサベルは、デビッド・ベッカムが移籍してからレアル・マドリードのファンになったと言いました。彼女は、机にベッカム自身やその家族の写真をしまっているとも言いました。私は、イサベルがそんなことをわざわざ言ったのは、男の子たちの歓心《かんしん》を引くためだったにちがいないと思いました。

「カイサがレアル・マドリードの試合を観《み》たと言ったとき、男の子たちは大騒ぎだったよ」

と、ペトラスは笑いました。

「カイサは選手の名前をほとんど覚えていなかったから、話の中身はそんなにはなかったけどね。それから、フレードリクが誰かのサインをもらわなかったかって聞いたんだよ。カイサは旅行からは何も持ち帰ることができないって知っていたから、もらおうとは思わなかったんだって。そしたらセルカンがね、腕に書いてもらえばよかったのにだって。それなら、持ち帰えることができると思うよ。クリスティーンはどう思う？」

「分からない」

私は、面倒《めんどう》になってぶっきらぼうに答えました。

「男の子たちがあまり騒ぐので、エヴァ先生は静かにさせようといろいろしたけど、ずいぶん時間がかかったよ」

私は、その光景を容易《ようい》に想像することができました。ペトラスはさらに続けました。

「カイサがサッカーの試合を観てたとき、カイサの隣に座っていたのは誰だったと思う？

……一人の闘牛士だったんだよ。彼は、試合はあまり観ていなくて、ため息をついては空をにらんでばかりいたそうなんだ。試合が終わると、彼はカイサに、自分についてきて本物のスペイン文化を見ないかって誘《さそ》ったんだ。そして、ちょうどローマの円形大劇場のような、ものすごく大きな円形の競技場へ行ったんだって。古代に剣士が闘《たたか》わされた場所だよ。知ってるだろう?」

私は頷《うなず》きました。

「競技場には誰もおらず空《から》っぽだったけれど、闘牛士は走って中央へ進み、カイサに、牛がどこから入ってくるのか、闘牛士はどのように牛と闘うかを話してくれたそうだ。カイサは、その話だけで恐ろしくなったんだって」

「それはよく分かるわ。闘牛は、動物の虐待《ぎゃくたい》よ!」

「闘牛士はね、このごろは闘牛を観にくる人が少なくなったって嘆《なげ》いていたそうだよ」

ペトラスは、私の意見には何も触《ふ》れずにカイサの報告を続けました。

「サッカーの人気が高くなって、昔からのスペインの競技を観たいという人がいなくなってしまったんだ……それから闘牛士は、本物の衣装《いしょう》を着て見せてくれたそうだ。クリスティーンは、闘牛士の衣装がどんなだか言えるかい?」

私は、目をつむって心の中にマタドールを思い起こそうとしました。

「短いズボン。膝《ひざ》までの靴下。腰までの上着。ばら飾りのついた靴……」

(18) **grillkorv** ソーセージ(スウェーデン語ではコルブ)を主体としたバーベキューのこと。スウェーデンではもっとも人気のある屋外での料理で、春から秋にかけてのさまざまな機会に行われる。

「うん、結構《けっこう》当たっている！　それからね、上着の下にベストを着ていてね、髪の毛は馬のしっぽのように後ろで束ねるんだよ」

「胸にはヒナゲシの花飾りがついているのよね」と言って、私はくすりと笑いました。ペトラスは、枕で私の頭を叩《たた》きました。

「ついてないよ！　でもね、背中には傷《きず》があって、カイサに見せてくれたんだって。牛に角《つの》で撥《は》ね上げられたときにできたのをね」

　私には、学校の医務室へさえ一人では行けないカイサが、マドリードの無人の闘牛場に、背中に大きな傷をもった闘牛士と二人きりでいるという様子を思い浮かべることができませんでした。

「ああ、もう帰らなくちゃ！　これからグリル・コルブ[18]をするんだ」

ペトラスは、いきなり立ち上がりました。そして、庭を横切っていきながら「また明日！」と後ろも見ずに叫《さけ》びました。ペトラスを見送りながら、私は、スペインのページに何を描くかを考えました。

民主主義的な決定

翌日、私は登校しました。カゼはまだ残っていて、お母さんは「もう一日休んだほうがいいわよ」と言いましたが、エヴァ先生にも友達にも会いたくてたまらなかったのと、次のヨーロッパ旅行が気になって仕方がなかったからです。

私が教室に入っていくと、エヴァ先生は顔をほころばせて「お帰りなさい」と言ってくれました。そして、マルチナとはヨーロッパ・ノートを見せ合いました。彼女は、闘牛士をとても上手《じょうず》に描いていました。

私が描こうと努力したのはエル・ドラドでした。昨夜、お父さんから聞いた話です。エル・ドラドは南アメリカにあった都市で、道路には黄金が敷《し》き詰《つ》められていたということです。このインディアンの都市の支配者は黄金をいっぱい持っていて、毎晩、自分の体に黄金の粉を振りかけては湖で洗い流したそうです。

一六世紀に、スペイン人、ドイツ人、オランダ人、イギリス人が黄金を求めて海を渡りました。けれども、この黄金の都市はついに見つかりませんでした。私は、それはよかったと思いました。なぜなら、白人たちは現地のインディアンをとても酷《ひど》く扱《あつか》いましたから、そのうえさらに黄金を手に入れるというのは許《ゆる》せなかったからです。

私が描いたのは、インディアンの支配者が湖で水浴をする姿です。それを見せながら、マルチナにこの話をしたのです。話がちょうど真ん中あたりまで進んだときでした。突然《とつぜん》、教室のドアが開き、赤い頬《ほお》ひげを生やした、ジーンズの上着を着た男の人がずかずかと入り込んできました。トッベのお父さんでした。

トッベのお父さんは、私たちが四年生のときも、今日とまったく同じようにいきなり教室へ入ってきたことが何度かありました。一度は、ベーリット先生が宿題をしてこなかったトッベに対してがみがみ言ったと抗議《こうぎ》するためでした。もう一度は、トッベが選んだ「生徒の選択《せんたく》」(19)が認められなかった理由を聞きに来たときです。ベーリット先生は、気の毒にも真《ま》っ青《さお》になってしまいました。私たち生徒もです。トッベのお父さんのやり方は、ほかの生徒の

(19)　小中学校９年間の総授業時間6,665時間のうち382時間（約６パーセント）については、生徒が自分の選んだ科目を勉強してもよいとする制度。

両親が学校に来て先生に何かの理由を聞くやり方とはまるで違っていたのです。それが、今度はエヴァ先生の番でした。トッベのお父さんは、ダンネの机のところにいたエヴァ先生に向かっていき、すぐに食《く》ってかかりました。

「教室で暴力《ぼうりょく》が振るわれるのを、あんたはなぜ許しているんだね？」

私がトッベのほうを見ると、トッベは机の下に隠れてしまうほど小さくなっていました。とてもかわいそうでした。もしも、私のお父さんがこんなふうに入ってきて怒鳴《どな》ったりしたら、私は恥《は》ずかしくていたたまれないだろうと思いました。エヴァ先生は少しも動じることもなく、トッベのお父さんと真《ま》っすぐに対面しました。

「暴力ですって？　何のことをおっしゃっておられるのですか？」

「トッベは鼻血を出して帰ってきたんだぞ。鼻っぱっしらを腫《は》れ上がらせてなっ！」

「ああ、そのことですか。たしかに、トッベは鼻血を出しました。でも、ビリーだけが悪いのではありませんわ。トッベも殴《なぐ》り合ったのですから」

「おれも悪かったんだよ、パッパ」と、トッベがかすれた声で言いました。

「誰が良かった悪かったじゃないんだっ！」

トッベのお父さんは、いっそう大きな声を立てました。

「暴力には言い訳《わけ》はきかないんだ！　そのうえ、あんたは教室にいなかったというじゃないか。トッペ、そうだな？」

トッペは黙《だま》っていました。

「あんたはグルップルムにいたんだそうだが……大事なことがあったそうだが……そりゃ大間違いだ。生徒の面倒《めんどう》をちゃんと見る以上に大事なことがあるんですかい、先生に？」

トッペのお父さんはなおも怒鳴り続けました。

「たしかに、私はそのときに教室にいるべきでしたが、そうではありませんでした……ですが……申し訳ありませんがもうお引き取りください。私は、授業を続けなければなりませんん」

「そうですか。それじゃ、校長先生のところへ行かなきゃなりませんな。おいっ、トッペ。おまえも一緒《いっしょ》に来るんだ！」

トッペのお父さんは、トッペの腕をつかんで引っ張りました。

「アイヤーッ、嫌《いや》だぁ！　放せよ！」

トッペは悲鳴《ひめい》を上げました。けれども、トッペのお父さんはその手を放さず、トッペを引っ張って教室を出ていきました。トッペの叫び声が、廊下《ろうか》を遠ざかりながらいつまでも聞こえていました。　エヴァ先生は廊下に出て、ずっと二人を見ていました。

「暴力には言い訳《わけ》はきかない……その通りですね、本当に」

先生は、カテダンに戻ると静かに言いました。そして、少しおいて、「みなさんは教科書を閉じて、こちらに注目してください」と硬い表情で続けました。私たちはその通りにしました。

「みなさんは、学校で嫌なことはありませんか？」

エヴァ先生は、厳《きび》しい目で私たちを見まわしました。私は、なんと答えたらよいか分かりませんでした。先生が言おうとしていることが何なのかはっきりしなかったからです。きっと、殴り合うのはよくないことだ、と言おうとしているのだろうとは思いましたが……。

「私はとても楽しくやっています。嫌なことは何もありません」ヨセフィーンが真っ先に手を挙げて答えました。

「ぼくもです」

セルカンが答えると、それに続いて数人が「嫌なことはない」、「学校は楽しい」、「勉強は楽しい」などと言いました。

「一番楽しい科目は何ですか？」エヴァ先生は次の質問をしました。

「地理です」と、ペトラスが答えました。

「私も地理です」と、マルチナが答えました。

ヨセフィーンは「英語」と答えました。リーナは、「自分の好きな科目をもっと自由にやりたい」と言いました。

「私が一番好きなのは何だか分かりますか？」

エヴァ先生は三番目の質問をしました。私たちは首を横に振りました。

「ヨーロッパ旅行です。私は、みなさんがヨーロッパ旅行を通じて、たくさんのことを体験《たいけん》するのを見ているのが一番好きです。また、みなさんがお互いに教え合うのも好きです。けれども、今私たちがやっているような方法でヨーロッパの勉強を続けるのは簡単ではありません。私たちは、すでにいくつかの問題にぶつかっています。そうですね？　たとえば、私たちの中にはうそをつかなくてはならなかった人がいます。セルカンはその一人ですね」

「そんなの平気です」

セルカンはすぐにそう答えましたが、その顔はちっとも平気そうには見えませんでした。

「いいえ、大事なことです。トッペが殴られたことと私が教室にいなかったことは、トッペのお父さんを怒らせました。ラグナルさんには、みんなが気が狂っているのではないかと疑《うたが》わせました。イサベルのお母さんには大変な心配をさせました。ひとことで言えば、ヨーロッパ旅行をしていることで私たちは人を怒らせ、悲しませ、疑いをもたせ、困らせているのです。そこで問題は、ヨーロッパ旅行にはそうまでして続ける価値《かち》があるかどうかです。私の言っていることが分かりますか？」

全員が頷《うなず》きました。私は、エヴァ先生が言っていることは正しいと思いました。すると、エヴァ先生が提案《ていあん》しました。

「私たちは、ヨーロッパ旅行を続けるかどうかを決めようと思います。それには、民主主義的な方法をとります。投票《とうひょう》です」

私たちはまた頷きました。

「この紙に、続けるという人は『ヤー』と書きます。続けないという人は『ネイ』と書きます。一人一枚です。半数以上になったほうに決めます。ヤーが過半数《かはんすう》なら、これまで通りに旅行を実施します。その場合、私たちは誰にもそのことを喋《しゃべ》ってはいけないこと、時にはうそもつかなくてはならないことを意味しています。ネイが半数以上であればヨーロッパ旅行は中止です。それでいいですね？」

私たちはもう一度頷きました。そして、エヴァ先生が投票用紙を配りました。

「名前を書きますか？」と、カイサが質問しました。教室がざわついて、「えっ、名前を書くの」とか「いらないだろ」とかの呟《つぶや》きがあちこちから聞こえました。ペトラスは、カイサをばかにしたような、これ見よがしのため息をついてみせました。

「名前はいりません。無記名《むきめい》投票です」と、エヴァ先生が答えました。

私の周りには、すでに書き終わって投票用紙を二つに折っている人が大勢いました。カイサは、イサベルに何か話しかけている様子でした。私はどちらにしようか迷っていました。うそをつかなくてはならないのは気の重いことでした。エヴァ先生が教室を離《はな》れることも気に入りませんでした。けれども、私自身の旅行の機会を失うのは絶対《ぜったい》に嫌《いや》でした。私は、「ヤー」と書いて投票用紙を二つに折りました。

投票用紙を集める役はセルカンになりました。集められた投票用紙はリーナに渡されました。リーナは生徒会のクラス代表です。リーナが投票用紙を開き始めると、教室は静まり返りました。最初はヤーでした。次もヤーでした。最後の二三票目が開かれて、結果はヤーが二一票、ネイが二票となりました。足りない一票は、もちろん校長室へつれていかれたトッベの分です。イサベルがヒューーッと口笛を吹きました。それは、がっかりしたときの吹き方でした。

「旅行を続けたくないの、イザベルは？」と、エヴァ先生が聞き咎《とが》めたように尋ねました。

「よく分からないんです。私……」と言って、イサベルは顔を真《ま》っすぐエヴァ先生のほうに向けました。

「みんなの旅行の報告を聞くといつもわくわくするので、ヨーロッパの勉強はこのやり方でやりたいんです。でも、うそを言わなくてはならないのは嫌《いや》です。私が旅行したとき、ママは本気で心配したし、トッペのお父さんもさっきのように怒ってしまうし……」

エヴァ先生は、幾度も頷きながら聞いていましたが、イサベルが意見を言い終わると優《やさ》しい声でこう言いました。

「約束しましょう。第一に、みんなが教室にいる

間はもう決して教室から離れないと。第二に、みんながお父さんやお母さんに、うその言い訳《わけ》は言わなくてもよいように、何かを聞きたいことがあるときは私が直接お答えすることにします。どうかしら、それで安心してもらえるかしら？」

「はい」イサベルは笑顔で頷きました。

「それならいいいと、私も思います」と、カイサがさっそく手を真っすぐに挙げて言いました。

マリアムの二度目の旅行

トッベが戻ってきたのは、リーナがちょうど投票を数え終わったときでした。エヴァ先生がトッベの意見を聞くと、「おれは続けるほうがいいな。このことでオカシクなっているのは父ちゃんだけだよ」と答えました。

「トッベのお父さんはオカシイだなんて、私は思わないわ。自分の子どもが鼻血を出して学校から帰ってくれば、親なら誰だって心配するわ。私だって、子どもが学校で殴《なぐ》られたらあなたのお父さんのように担任に事情を聞きに行くでしょう。それに、担任は教室を離れてはいけないという点については、あなたのお父さんのほうが正しいわ」

トッペはエヴァ先生の言うことを黙《だま》って聞いていましたが、その表情が少し明るくなったように見えました。

「さあ、この問題については、もう十分話し合ったと思います。そして、旅行をする時間がまだ残っています」

エヴァ先生は、突然、両手をぱんと打ち合わせると、そう言いながら壁《かべ》の時計に目をやりました。

「マリアム、あなたは行く気がありますね？　モスクのある所へなら？」

マリアムは頷《うなず》きました。

「モスクとはどういうものか知っている人？」

数人が手を挙げました。

「マリアム、説明してください」

「モスクはイスラム教の教会です。人々は、そこに行って神様に祈《いの》りを捧《ささ》げます。もちろん、家で祈ることもできます」

「そうですね。私はある国を思い出しました。そこへなら旅行ができます。それがどこかは今は言いません。マリアム、行ってみますか？」

「分かりません……」マリアムの声は震《ふる》えているようでした。

「本当は行きたいんだろう？　嫌《いや》ならぼくが代わりに行ってもいいけど」と、セルカンが言いました。

「だめ、だめ。あなたはもう行ったでしょう！」

　エヴァ先生は、笑いながらセルカンをたしなめました。

「ショール・ティル（ＯＫ）！」

マリアムが元気よく叫《さけ》びました。私はその声を聞いて、とても嬉《うれ》しくなりました。マリアムのスウェーデン語がだんだんスウェーデン人のようになっているからです。グルップルムのドアにノックの音が聞こえたとき、下校時間まで一時間ちょっとしか残っていませんでした。マリアムはちょっとの間もじもじしていましたが、すぐに立ち上がりました。そのとき、私はあることを思い出しました。私は手を伸ばしてマリアムの腕をつかむと、半《なか》ば立ち上がるようにして口を彼女の耳元にもってゆきました。

「この前と同じ男の子かどうかしっかり確《たし》かめてね！」

「オーケイ」

　マリアムは、今度は英語で答えるとカテダンのほうへ進んでいきました。

「マリアムが旅行する国がどこか分かる人？」

　マリアムがグルップルムのドアに内側から鍵《かぎ》をかけたあと、物音が全部消えてしまうとエヴァ先生が質問しました。

「推理《すいり》してごらんなさい」

「ギリシャだと思います」と、カイサが真っ先に答えました。

「ギリシャにモスクがあるかよ！」

　セルカンが、いらだたしそうに汚《きたな》い言い方をしました。それから「たぶん……ボスニアにあるかも……？」と、自信なさげに付け加えました。

「おぉ、賢《かしこ》い子だこと！」、エヴァ先生は驚きの表情でセルカンを見つめました。

「みなさんは、ボスニアについて何か知っていますか？」

「首都はサラエボです」と、ペトラスが言いました。

「内戦《ないせん》がありました」と、ヨセフィーンが言いました。

「ボスニアは、以前はある国の一部でしたが、それは何という国だったでしょう？」

　誰も、手を挙げませんでした。

「ユーゴスラビアです。それから、内戦が起こりました」

「なぜ、内戦が起こったのですか?」と、イサベルが質問しました。「それは……」と言いかけて、エヴァ先生はしばらく考えていました。それから、「戦争というものは、いつも説明するのが難しいものです」と言いました。

先生は大地図を引き下ろして広げると、「ボスニアがどこにあるかを言える人はいますか? セルカンはどう?」と聞きました。セルカンは、立っていって地図の一ヵ所を指さしました。

「そうですね。ボスニアはバルカン半島に位置しています。バルカンの名前はバルカン山脈から取られたものです。ボスニアは、長い間トルコ人に支配されていました。それがこの土地にイスラム教徒《きょうと》が多く住んでいる理由です」

エヴァ先生は、ここでひと息入れてまたすぐに続けました。

「けれども、ボスニアにはキリスト教徒も住んでいるのです。内戦がはじまるまでは一つの村にイスラム教徒とキリスト教徒が住み、結婚《けっこん》し、子どもたちは一緒《いっしょ》に遊んでいました。戦争が始まると、この人々は友人同士であることも同じ村に住むこともやめてしまいました。最後には国際連合軍が派遣《はけん》され、この土地はいくつかに分割《ぶんかつ》されました」

「じゃぁ、ボスニアは今は独立国ですか？」と、イサベルが質問しました。

「そうです、独立国です。そして、イスラム教徒もキリスト教徒も住んでいます。キリスト教徒は二つの教会に属《ぞく》しています。カトリック教会と東方正教会《とうほうせいきょうかい》です」

「わあぁ、ふくざつぅ！」イサベルは驚いた声を上げました。

「ええ、とても複雑《ふくざつ》です。一度聞いただけでは覚えられないかも知れませんね……ボスニアは戦争で国土を荒《あ》らされましたが、自然のたいへん美しい国です。みなさんは、『はるかな国の兄弟』の物語を知っているでしょう。あのナンギジャラのような自然があります。高い山、深い谷、あちこちに輝《かがや》いている小さな湖などの……。マリアムが帰ってきて、どんな報告《ほうこく》を聞かせてくれるか楽しみにしていましょうね」

エヴァ先生は、黒板に戦争以前のユーゴスラビアの地図を描き、それを内戦後に生まれた国々に分けました。また、ユーゴスラビアの歴史について少し書きました。それから、ヨーロッパ・ノートを書くときは二人一組になるようにと言いました。私はマルチナと組になりました。私たちは、最初に新しくできた国々の国旗を描きました。次に『はるかな国の兄弟』のグリムとフィヤーラル[20]が小川のほとりで水を飲んでいるところを描きました。説明の文章は、マルチナと同じにしました。

人公のヨナタン（13歳）とカール（10歳）の兄弟が、死後に活躍するナンギヤラ国で所有する２頭の名馬の名前。

マリアムは、あと五分で授業が終わるというときに帰ってきました。ですから、報告は授業終了時間を超《こ》えて続きました。

「モスクはあったけれど、中に入れるのはひとつもなかったわ。戦争で壊《こわ》されてしまってたから。それから、ローラに会ったの。ボスニアの女の子よ。サラエボに行く途《と》中《ちゅう》だったの。戦争の前に住んでいた家がどうなっているかを見るために……」

マリアムは、早口にしゃべり続けました。

「ローラは、私と案内の小さい人が乗ったバスにいたの。彼女は、今はスウェーデンに住んでいるんだって。難民《なんみん》となって、家族と一緒にスウェーデンに来たの。そして、休暇に祖国の自分たちの家を見ようとしていたのよ」

「家も戦争でぶっ壊れちゃってた?」ビリーが聞きました。

「壊れていなかったの、元のままだったわ。庭の木には花が咲いていたわ。お母さんが縫《ぬ》った台所の窓のカーテンもそのまま。ローラは喜んで、家に入ろうと近づいて行ったちょうどそのとき、その台所の窓に誰かがいるのが見えたの。その人の家族が住みついていたの。私はとてもショックだったわ。でも、ローラはそうでもなくて、『きっとそうだと思っていた』と言ったの。空《あ》いている家には、みんなほかの人が住むようになっていたの」

(20)　『はるかな国の兄弟』(原題『ライオンの心をもった兄弟(Bröderna lejonhjärta)』)は、『長くつ下のピッピ』などを書いたスウェーデンの作家アストリッド・リンドグレーン(Astrid Lindgren，1907〜2002)の作品。グリムとフィヤーラルは、主↗

「でも、家の中には入ったんだろ？」セルカンが聞きました。

「入らなかったわ。ローラは、『家を見られただけでいい』と言って入ろうとしなかったの。『きっと変な気持ちになるだろう』って。『ケンカになってしまうかもしれない』とも言ったわ。そのあと、私たちはモスクのほうへ行ったの。モスクは壊れたままで、ぜんぜん直されていなかったので、ローラはとても悲しそうだったわ。ローラは、私と同じイスラム教徒だから」

マリアムの話はさらに続きました。

「それから町のほうに歩いてゆくと、大きな十字路に出たの。そこでローラが叫んだの。『ここよ、ここよ！ ここで近所のおじさんが撃《う》たれたの！』撃ったのは狙撃兵《そげきへい》。誰もその人を助けに行かなかったんだって。自分が撃たれるのを恐《おそ》れたから。その人の奥さんは、家の窓からその全部を見ていたのよ……恐ろしいことだと思わない？」

マリアムは、みんなを見まわしました。私たちは、全員が頷きました。

「バルカン地方で起こったことは第二次世界大戦と同じくらい酷《ひど》いことだった、ってお母さんが言っていたよ」と、ペトラスが言いました。エヴァ先生はそれに頷いてから、こう続けました。

「そうです。大量虐殺《ぎゃくさつ》が行われた跡《あと》も見つかっています。恐ろしいことです。それについて、何か聞いたことのある人はいますか?」

手を挙げたのはペトラスだけでした。

「私は、ローラと家族がスウェーデンに住んでいてよかったと思いました。スウェーデンで無事に暮らしていって欲しいと思います」

マリアムは、そう言って報告を終わりました。

「そうですね。私もそうであることを願っています」と、エヴァ先生が言いました。

「さあ、今日はこれでお終わりにしましょう。明日また会いましょう。マリアム、どうもありがとう!」

私とペトラスが体育館のそばまで来たとき、誰かがうしろから走ってくる足音がしました。マリアムでした。

「クリスティーン! 私に頼んだこと覚えている?」と、息を弾《はず》ませながら言いました。

「もちろんよ!」

私は、興味津々《きょうみしんしん》で答えを待ちました。

「そうだったわ。同じ子だったわ。名前は違っていたけど、間違いないわ!」

三つの会話

その日、私が家に着いたときにはお父さんはもう仕事から帰っていて、食堂でコーヒーを飲んでいました。

「クリスティーン、ちょっとおいで！」

私は、いつもの自分の席に座りました。

「トッベのお父さんから電話があったよ。トッベが殴《なぐ》られて鼻血を出したとき、エヴァは教室にいなかったということだが本当かい？」

「私、知らないわ。その日はカゼで休んでいたから」

こう答えながら私は、その日に学校に行っていなくて本当によかったと思いました。お父さんにうそをつかなくてすんだからです。

「トッベのお父さんは、保護者全員で校長先生に電話しようと言うんだ。エヴァは担任としてふさわしくないとね。おまえはどう思う？」

お父さんは口元にコーヒーカップを保《たも》ったまま、私にいつもより厳《きび》しい眼差《まなざ》しを向けました。

「トッペのお父さんは、トッペの腕を力まかせに引っ張ったのよ。親としてふさわしくないわ！　エヴァ先生はとってもいい先生だわ！……もう行っていい？」

「うん、いいよ。だが……」お父さんは、しばらく考えてから続けました。

「……ひとつ、約束して欲しいことがあるのだがね、クリスティーン……」

「何を？」

「お母さんとお父さんには、いつも本当のことを言うということだよ。できるかい？」

「何でもないわ」

私は、そう言いながら、お父さんと目が合わないようにザックについたシミをこすりました。

自分の部屋に戻ると、すぐにペトラスへ電話をしました。トッペのお父さんはもうペトラスのお母さんにも電話をしていて、ペトラスのお母さんはそのあとすぐに職場にいる私のお母さんへ電話をした、とペトラスは言いました。

「ペトラスは何て言ったの？」

私は、お父さんに聞こえないように声を潜《ひそ》めて聞きました。

「エヴァ先生にはグルップルムでやらなくてはならないことがあった、って言ったよ。そのときはレンナート先生が来ていたから何も問題はなかった、ともね。それで十分だったよ。ぼくのママはトッぺのお父さんを好きじゃないからね。いつも大きな口をきくからって」

私も同感でした。

翌朝、私とペトラスは、登校の途中でレンナート先生と会いました。先生は、自分の家の前で自転車に空気を入れていました。私たちは挨拶《あいさつ》をし、先生も挨拶を返しました。そのとき、ペトラスは突然《とつぜん》何か思いついたらしく、レンナート先生に話しかけました。

「先生、聞きたいことがありますが、いいですか？」

「ああ、いいとも。何だい？」

先生は、空気入れの上に屈《かが》めていた上体を起こし、腰が痛いかのように少し反《そ》らせました。

「この前、トッぺとビリーが殴り合いをしたとき、セルカンが、『本当のことを話せるのはエヴァ先生だけだ』と言ったこと覚えていますか？」

「覚えているよ」

「そのことで、エヴァ先生と話しましたか？」

「うん、したよ」

「エヴァ先生は何て言いました？」

ペトラスは少し心配そうでした。

「エヴァはね、グルップルムに鍵《かぎ》をかけて入っていなければならなかった、その重大な秘密を私に明かしてくれました……」

レンナート先生は、終わりのほうをドラマの語り手のような調子で言いました。

「そ、それは何でしたか？」

「エヴァの子どもが病気だったので、連れてきてグルップルムで休ませていたのさ。それだけのことさ」

レンナート先生は、普通の調子に戻って何でもなさげに言いました。

校長先生の来訪

　私とペトラスは、レンナート先生から聞いたことは誰にも言わないことにして、教室へ入っていきました。そこはいつもながらの騒《さわ》がしさで、みんなの話題は、昨日のトッベのお父さんの電話と、それに対する親たちの反応《はんのう》でした。やっぱり、トッベのお父さんは全員の家へ電話をかけていたのです。

「うちのママは、トッベのお父さんの話を聞いたときにはすごいショックを受けたってよ」

と、イサベルが言いました。

「『エヴァは、やっぱりおかしいのね』って言うの。ほら、歯医者へ行くって私を迎えに来たときのこともあるから。『エヴァは無責任《むせきにん》な人なのね』だって」

「おれんちのおやじは、あんまり興味なさそうだったよ。『学校ではそういうことがよく起こるものさ。授業中ずっと生徒を監視《かんし》するなんてことは先生にはできっこないよ』だってさ」と言ったのはウッレでした。

「私のお母さんはね、『規律《きりつ》委員をつくりなさい』って言ったわ。お母さんのクラスにはあったから、みんな静かだったそうよ」とヨセフィーンが言うと、「あんたが、その規律委員になるといいよ」とイサベルが意地悪そうに言いました。ヨセフィーンは、口元をちょっとゆがめながら肩をすぼめました。

「私のお母ちゃんは、トッベのお父ちゃんが何を言ってるのか分かんなかったみたい。お母ちゃんは、スウェーデン語があんまりできないからね。でも、分からないからいいってことだってあるのよね」というマリアムの言葉にセルカンは笑いました。マリアムに同感しているのはたしかでした。

そのとき、教室のドアを開いて入ってきたのは校長先生でした。授業の始まりの鐘はまだ鳴っていなかったのにです。私たちはいっぺんに静かになり、みんなあわてて自分の席に着きました。校長先生は、カテダンを前にしてどっしりと立ち、ちょっとネクタイのねじれを直してから、「おはよう、5Aのみなさん！」と、気持ちのいい声で言いました。「おはようございます！」私たちの挨拶《あいさつ》はばらばらでした。

「私がここへ来たのは、みなさんとお話がしたかったからです。私は、みなさんのご両親の何人かから電話をいただきました」

校長先生は、そう言ってみんなを見まわしました。

「エヴァ先生は、辞《や》めさせられてしまうのですか？」と、イサベルが言いました。

「いや、いや、そんなことはありません、絶対にありません！　私は、みなさんとしばらくの間話し合いたいと思っておるのです。それが終わったら、エヴァ先生がいらしゃいます……。ところで、みなさんも知っているように、このクラスでは最近いろいろとおかしな出来事《できごと》が起こっています。もっとも、私はそれに気付いてはいなかったのですが……。私が何を言っているか、みなさんには分かっているでしょうね？」

誰も、何も言いませんでした。しばらくして、ビリーが手を挙げました。

「校長先生が言っているのは、ぼくがトッペを殴ったことだと思います。けれども、それならもう解決しました。なあ、トッペ？」

トッペは、勢いよく頷《うなず》きました。

「それはよかった」

校長先生は厳《おごそ》かに言いました。しかし、笑顔はありませんでした。

「では、歯医者さんに行かなかった女の子もいたそうだが、誰ですか？」

イサベルが手を挙げました。

「あなたは、グルップルムに入れられて鍵をかけられたのだそうだね？　本当ですか？」

イサベルは頷きました。その顔はどこか嬉《うれ》しげでした。

「でも、グルップルムに入れられて鍵をかけられたのではなくて、自分で入って鍵をかけたのです。内側から」

イサベルは、校長先生の言葉を言い直しました。

「えっ、鍵は自分で、内側からかけた？　ああ、そう？　それはまた、どうしてそんなことをしたのです？　私にはよく分かりませんね？」と言うと、校長先生は自分の髪の毛を指でかきあげました。

「何かに一生懸命《いっしょうけんめい》取り組んでいるときには、一人きりになりたくなることがあります。そのときの私がそうだったのです」

イサベルは、とびっきり素敵《すてき》な笑顔をつくりました。

「なるほどねぇ。そうですか」

校長先生の顔に浮かんだのは、分かったというよりは余計《よけい》に分からなくなったという表情でした。けれども、校長先生はこう言いました。

「よく分かりました。何もかもがはっきりしました。ありがとう……ほかに、私に話したいことのある人はおりますか？」

私たちは黙《だま》っていました。

「みなさんは、私がどこにいるか知っていますね？　話したいことがあるときは、いつでもいらっしゃい」

校長先生はそう言って、教室を出ていきました。

教室のドアが閉まるか閉まらないうちに、グルップルムのドアが開いてエヴァ先生が出てきました。先生はえんじ色のロングドレスを着て、肩にはスカーフをかけていました。まるで、外出から戻ったところという感じでした。

「みなさんの賢《かしこ》さには感心しました。うそをつかないで秘密を守りました。本当に感心しました」

エヴァ先生は、大きな茶色の革鞄《かわかばん》からプラムの入ったビニール袋を取り出すと、私たちに回しました。私はプラムを食べながら、私たちは本当に賢かったと思いました。あの投票《とうひょう》をした日から、教室の雰囲気《ふんいき》が変わったのです。ヨーロッパ旅行は、エヴァ先生のものから私たちのものになったのだと思います。民主主義的に決めたのがよかったのです。

「すごく美味《おい》しいプラムだね、先生。どこで買ったの？」と、ウッレが聞きました。

「もらいものよ」

「誰にもらったの」ウッレが重ねて聞きました。

「秘密《ひみつ》よ。私にはいっぱい秘密があるのよ。あなたもよく知っているでしょう?」

エヴァ先生はウッレに大きな笑顔を向けました。ウッレは笑いながら頷きました。私も頷きました。それは、みんなが強く感じていることでした。

砂時計がなくなる

ヨセフィーンが旅行に行ったら、いったいどういうことになるかしら? 私は、以前からそれが気掛かりでした。というのは、読者のみなさんもこれまでのヨセフィーンの発言や行いからよくお分かりのことでしょうが、彼女はどんなことでもとてもよく知っている子ですから、旅行に行っても新しく学ぶことはあまりなく、かえってがっかりするのではないかと思っていたからです。けれども、実際《じっさい》はそうではありませんでした。

ヨセフィーンが旅行に出発した日の午前の授業は体育でした。午後、私たちはすっかり疲れていたので、エヴァ先生が本を読んでくれることになりました。そのとき、グルップルムのドアにノックが聞こえました。

「どうしたのかしら？　今日は旅行の予定はないはずなのに？」

先生はキーを取り出すと、ドアを開きました。グルップルムの内側にいる誰かと言葉を交わす先生の低い声が私のところまで聞こえてきました。それから、先生は上半身だけで私たちに振り向き、今すぐ旅行に行ってもいいという人はいますか、と尋ねました。誰一人手を挙げませんでした。私もその日は行きたくありませんでした。その理由は単純《たんじゅん》で、すごく疲れていたからです。

「誰もいませんか？」

エヴァ先生はもう一度尋ねました。その表情はちょっと意外そうでした。

「どうしてかしら？」

「くたくただからです」と、ウッレが言うと、何人かが、ぼくも、私もと口々に言いました。

「それは理由にはなりません。それに、旅行は断《ことわ》ることはできないのです。誰かが行かなければなりません……」

教室は、今までで一番と言えるほど静まり返りました。みんなうつむいて、息を止めていました。

「私が行きます」

ヨセフィーンでした。彼女は立ち上がってカテダンに歩み寄りました。

「ありがとう！　感謝《かんしゃ》するわ、ヨセフィーン！」

エヴァ先生は心からほっとした様子でした。

ヨセフィーンはキーを首に掛け、砂時計を手首に付けてもらいました。先生は、呪文《じゅもん》を覚えているかとは尋ねませんでした。覚えていないはずないもの。私は、先生が念を押さなかったのは当然《とうぜん》だと思いました。

ヨセフィーンは、グルップルムに姿を消し、内側から鍵がかけられる音がしました。エヴァ先生はカテダンに戻り、本の続きを読み始めました。

あと三〇分で授業が終わるというころ、グルップルムのドアがノックされました。先生は、いぶかしげにドアを振り向きましたが、まだ座ったままでした。すると、再びノックがありました。

「ヨセフィーンなの？　自分で開けて出ていらっしゃい！」

エヴァ先生は、ドアに向かって呼びかけました。けれども、中からは何の反応《はんのう》もありませんでした。

「ヨセフィーンが戻ってきたのではありません」

　しばらくして、そう言う声が聞こえました。マッズだ！　ピエールだ！　ボリスだ！　何人かが口々に声の主の名前を叫《さけ》びました。あの少年の声だったのです！　エヴァ先生はすっかり驚いて、今にも床《ゆか》に崩《くず》れ落ちそうに見えました。次の瞬間、先生はドアに飛びつくと、ドアが開くことを信じているかのように把手《とって》をつかんで激しく動かしました。

「今、何と言ったの？　ヨセフィーンは一緒《いっしょ》ではないの？」

　先生の声は震《ふる》えていました。しばらくの間、中からは返事がありませんでした。その時間がとても長く感じられました。

「ヨセフィーンは砂時計を落としたのです。ちょうどルッカンから潜《もぐ》り込んだとき、手首から外《はず》れたのです。今、ぼくがそれを持っています」と、少年が言いました。

「あなたたちは、今どこの国にいるの？」

　エヴァ先生は額《ひたい》をドアに押し付け、自分を支えるような姿勢で立っていました。

「イタリアです。シチリア島です」

　少年の声には落ち着きが出てきました。

「年代はいつなの？」

「一九八六年、マキシ裁判《さいばん》のところです」

エヴァ先生は天井を見上げ、しばらく考え込みました。

「すぐに戻って、ヨセフィーンを探し出しなさい！　時間はもう多くは残っていませんから」

先生は、教室の壁の時計に目をやりました。

「マキシ裁判って何ですか？」と、セルカンが質問しました。

エヴァ先生はカテダンに座ると、髪を指でかきあげました。それが二分、三分と続きました。やがて、私たちに向かってこう言いました。

「ヨセフィーンが戻ってくるまで、私たちは全員ここで待っていなくてはなりません。家に帰ることはできません。みなさん、分かっていますね？」

全員が頷《うなず》きました。

「マキシ裁判って何ですか？」

セルカンがまた質問をしました。

「その前に、イタリア・リストをつくりましょう。みなさんが知っている、イタリアと関係のあるものを思い出してください」

エヴァ先生は、黒板の左上に大きな字でイタリアと書き、その下にやや小さい字でピッザと書きました。それから私たちに、何でも思いついたものを言うように促《うなが》しました。黒板は、パスタ、ロングブーツ、ニューモード、ワイン、剣闘士《けんとうし》、コロシアム、法王、ローマ帝国、ヴェネツィア、ゴンドラ、ベスビオス火山、レオナルド・ダ・ビンチなどの言葉でまたたくまにいっぱいになりました。イタリアは、私たちがよく知っている国でしたが、マキシ裁判は誰も知りませんでした。

「マキシ裁判って何ですか？」

セルカンが、三度目の質問をしました。

「みなさんの中に、マフィアという言葉を聞いたことのある人はいますか？」

エヴァ先生は逆に質問を返しました。

「犯罪者《はんざいしゃ》のグループ……お金のためなら、人を平気で殺しちゃいます」と、ビリーが言いました。

「『ゴットファーザー』はマフィアの親分です。ぼくの父ちゃんは、映画のビデオを全部持ってます」とトッペが言うと、エヴァ先生は頷きました。

「マフィアは、自分たちのことを『マフィア』とは呼びません。『コサ・ノストラ』と呼びます。これはスウェーデン語では『われわれのもの』という意味です。マフィアは、最初にシチリア島に生まれたときは、人々が共同して助け合うグループだったということです。シチリア島の人々は、警察を信頼していませんでした。また、イタリアの支配者が守っているは北部のお金持ちの利益《りえき》だけだと考えていました。そうしているうちにマフィアの性格が変わっていき、そのメンバーは麻薬《まやく》を売るのなどの犯罪を犯《おか》すようになったのです。その結果、彼らはたいへんなお金持ちになりました。そして、一般の人々は彼らを恐《おそ》れるようになっていきました」

突然《とつぜん》、グルップルムのドアががたがたと音をたてて開き、ヨセフィーンが姿を現しました。その顔は、悲しみと疲労《ひろう》におおわれていました。

「砂時計を、落として、しまいました……」

ヨセフィーンは、ようやくそれだけを言いました。エヴァ先生は、両腕を広げてヨセフィーンを抱きしめました。

「大丈夫よ、それはたいしたことではないわ。一番大事なのは、あなたが無事に戻ってきたことよ！　さっき、子どもが砂時計を持ってここへ来たの。きっと、グルップルムに置いてあると思うわ」

「じゃぁ、ちょっと探してみます」

ヨセフィーンは、グルップルムへ戻っていきました。そしてほどなく、砂時計を手にして出てきました。

「ルッカンがあったところの床の上にありました。でも、ルッカンは見つかりませんでした」

「ええ、そうでしょう。もうすっかり暗くなったから、見えにくかったのね」エヴァ先生は早口に言いました。

「そうかもしれません」

ヨセフィーンは、納得《なっとく》していないような調子で言いました。そうこうしているうちに下校の時間となり、マキシ裁判《さいばん》についてのお話の続きは明日ということで、私たちはそれぞれの家路《いえじ》につきました。

殺害《さつがい》された裁判官《さいばんかん》

翌日、私たちは昨日勉強したマフィアについての復習から始めました。

「マフィアがよくないことの第一は、民主主義の否定《ひてい》です」

これが、エヴァ先生が最初に言ったことでした。

マフィアは、自分たちの法律を勝手につくり、マフィアの保護を受けた人々からお金を取りました。マフィアは、裁判で証人となろうという人を脅《おど》しました。その人が、マフィアの言うことを聞かないときには、脅しを厳しくして暴力も使いました。マフィアと対決《たいけつ》しようとする政治家や弁護士《べんごし》が何人も殺されました。ヨセフィーンが昨日見たのはそういう裁判の一つです。そうですね、ヨセフィーン?」

ヨセフィーンは、黙《だま》ったまま頷《うなず》きました。

「では、地図の上ではイタリアはどんな形をしているか、それをノートに描いてみましょう」エヴァ先生は、急に話題を変えました。

「長靴《ながくつ》の形……」ビリーが言いました。

「サッカーボールを蹴《け》ったところ……」ウッレが言いました。

「そうですね。では、ボールの位置にある島は何と言いますか?」

「シチリア島です」と、私が答えました。

「マキシ裁判が行われたのが、そのシチリア島でした。パレルモはこの島の第一の都市ですが、裁判はこの都市で行われました」

エヴァ先生はそこまで言うと、ヨセフィーンにその続きを話すように促《うなが》しました。ヨセフィーンは、考えをまとめようとするかのようにちょっとの間顔を窓のほうに向けていましたが、席から立って話し始めました。


——私たちはシチリア島にいました。噴水《ふんすい》のそばに腰を下ろして、アイスクリームを食べていました。すると、大勢の人々の一団が走ってゆくのが目に入りました。写真機を持った人もたくさんいました。何かがあったのだとすぐに分かりました。それで、私たちもその後を追いかけていきました。その人たちは、大きな柱のある白い建物に入っていきました。私たちも入ろうとすると、守衛《しゅえい》さんに止められました。

「ここがどこだか分かっているのかい?」と、彼は言いました。

「何があるのか見たいだけです」と、セルジオが答えました。ガイドの少年です。

「何があるかだと?」

守衛さんは大きな声で叫ぶように言うと、はっはっと笑いました。

「おまえたちのようなハエのようなものがマフィアと対決しようってのかい? 『目には目を、歯《は》には歯を』とな?」

守衛さんはなおも笑いながら、自分の膝《ひざ》を掌《てのひら》でぱんぱんと叩《たた》きました。そのとき、長い黒いコートを着た男の人が一人、私たちのほうへやって来ました。その人は、親切そうな茶色の目を私たちに向けました。そして、片方の手を私の肩に、もう一方をセルジオの肩に置きました。そしてその人は、守衛さんを厳《きび》しい目で見つめてこう言いました。

「子どもは未来である、ということを知っておいでですか? その子どもが、民主主義の対立者の姿を自分の目で見ようとしているのですよ。見せておやりなさい!」

守衛さんはそれまでの勢いをなくして、少し小さくなったように見えました。そして、私たちに向かって、入ってもいいというように顎《あご》をしゃくりました。私たちは黒いコートの人にお礼を言おうとしましたが、その人はもうかなり先を急ぎ足で歩いていました。

「それは残念でしたね」と言うエヴァ先生の言葉に、ヨセフィーンは頷きました。

「でも、それから少したって、私たちはまたその人を見ることができたのです。どこでだと思いますか？」

「分からない！　どこで？」私たちは口々に叫びました。

「法廷《ほうてい》の裁判官席《さいばんかんせき》。その人は、ジョバンネ・ファルコーネという裁判官でした」

ヨセフィーンは、胸を張って誇《ほこ》らしげに言いました。

「その裁判の被告《ひこく》は誰だったか分かるでしょう？」

「マフィアだろっ」と、トッペが確信《かくしん》ありげに答えました。

「そうです！　その裁判では、一度に四〇〇人以上のマフィアが被告席に座っていたのです。その人たちは大声で怒鳴《どな》ったりしていたから、法廷の中はものすごく騒々しかったです。それでファルコーネさんは、何度も何度もハンマーでテーブルを叩いて、静かにさせなければなりませんでした」

「何の罪で裁判《さいばん》にかけられたの？」ペトラスが質問しました。

「殺人とか、麻薬《まやく》の販売です。裁判の一番の問題は、誰も証人台《しょうにんだい》に立ちたがらなかったことです。ある人は、『何が起こったか、もう忘れてしまった』と言うし、別の人は『確信《かくしん》がない』と言ったのです。裁判官はとても腹を立てて、その人たちが宣誓《せんせい》したことを何度も指摘《してき》しました」

「どうしてその人たちは、自分が見たことを忘れしまったのかしら？」マルチナが不思議《ふしぎ》そうに言いました。

「もちろん、忘れてしまったわけではなく、本当は証言をしたくなかったのです。あとでマフィアのメンバーから何をされるか分からないということを恐《おそ》れたのです。脅《おど》されたり、暴力を振るわれたりするのじゃないかって……」

そこまで言ってヨセフィーンはしばらく黙っていましたが、次のように付け加えました。

「ファルコーネさんの裁判官としての経歴《けいれき》は、一九九二年に終わりになりました」

その声は悲しそうでした。

「どう言うこと？」ビリーが質問をしましたが、ヨセフィーンは黙っていました。

「ファルコーネさんは殺害《さつがい》されたのです。一九九二年の夏のことです……」

エヴァ先生が代わって答えました。

「ファルコーネさん、ファルコーネさんの奥さん、それに三人の護衛官《ごえいかん》が殺されたのです。飛行場から乗った自動車が爆破《ばくは》されたのです。ヨセフィーンは知っていたのでしょう？」

ヨセフィーンは頷きました。

「私は、ゆうべ、百科事典でこの裁判について読みました。そして、そのことを許《ゆる》せないと思いました。シチリア島の飛行場の名前は、マフィアと闘《たたか》って殺された二人の裁判官から取られたのだと書いてありました。一人は、私たちが出会ったファルコーネさん、もう一人は……覚えていません……」

「ファルコーネ・ボッセリーノ飛行場……」と、エヴァ先生が言いました。

「ええ、そうです……もう一人はボッセリーノ裁判官です」

「殺されたなんて、恐ろしいことだわ」と、イサベルが言いました。

「ええ、本当に恐ろしいことです。けれども、もっと恐ろしいことがあります。マフィアとの闘いが今も続いていることです。人々はマフィアを恐れる一方で、政府や国が自分たちを保護《ほご》してくれるとは信じていないことです」

エヴァ先生はそう言ってから、しばらく窓の外をじっと見ていました。

「ヨセフィーン、まだほかにお話がありますか」

先生は、ヨセフィーンに視線《しせん》を戻して尋ねました。

「私は、シチリア島には休暇で行きたいと思います。海岸はとてもきれいだし、火山もあります。エトナ山です。その麓《ふもと》には今度も行きました。だけど、登山しても絶対《ぜったい》に安全だとは誰にも言えないそうです……噴火《ふんか》する可能性があるからです」

ヨセフィーンは話を続けました。

「エトナ山の麓には……ミカンや西洋ナシやイチジクが栽培《さいばい》されています。頂上には雪があって、一年中溶《と》けないそうです」

私は、その風景を心の中に描いてみました。

「あなたは旅行に満足しましたか、ヨセフィーン?」エヴァ先生が聞きました。

「はい、とっても楽しかったです。どきどきもしました。時計が見つかって、本当によかったです。私の不注意でした。外《はず》してはいけなかったのに外してしまって……」

「それはもうすんだことよ。何でもないことだわ。『終わりよければ、すべてよし』という金言《きんげん》を知っているでしょう?」

それから、私たちはヨーロッパ・ノートを開いてイタリアのページをつくりました。

私の旅行

私の旅行は、クリスマス休暇が終わってからになりました。そのころでも、まだ約半分のクラスメートが旅行の順番を待っていました。ですから、ヨーロッパの半分以上の国がまだ旅行されずに残っていたのです。私は、前にもお話したように、まだ行ったことのない国へ行きたいと願っていました。そして、その願いは嬉《うれ》しいことにかないました。

その日は、朝から雪が降っていました。ちょうど一〇時に、グルップルムのドアにノックがありました。エヴァ先生に「クリスティーン、あなた行きますか？」と聞かれたとき、私は急に、胃《い》が喉《のど》に突き上げてくるような感じがしました。けれども、私は落ち着いて頷《うなず》きました。先生にキーを首に掛けてもらい、砂時計を手首に付けられたとき、私はとても緊張《きんちょう》しました。足元がぐらぐら揺《ゆ》れているように感じました。

それでも、旅行に行きたい気持ちには変わりがありませんでした。私は、すっかり心の準備ができていました。ドアにキーを差し込んで開け、中に入ってドアに鍵《かぎ》をかけました。マルチナが言っていた通りでした。ドアの鍵をかけ終わるまで、私には少年の姿が見えませんでした。

「クリスティーン？」

ささやくような声が聞こえ、私の前に人の姿が現れました。彼は、私が思っていたより背は低くかったけれど、目は想像通りの透《す》きとおるような青でした。

「ええ、そうよ」私もささやくように答えました。それから、ぶっきらぼうに呪文《じゅもん》を唱《とな》えました。

――**エヴァはあなたに望んでいます。往きも帰りも旅行の間も、私にいつも付き添《そ》っていることを**――

少年は私の手からキーを取り、ルッカン（木の扉）を開きました。そこには、アルファベットの全部の文字と「1」から「10」までの数字のボタンが並んだボードが真っ暗な中に青白く浮き上がっていました。少年は、ボタンを押して必要な言葉を全部書き終わると、ボードの上のほうから小さなマイクロフォンを引き出しました。少年はそれを口に当てると、「**エヴァはあなたに望んでいます。往きも帰りも旅行の間も、私にいつも付き添っていることを**」と言いました。

それはエイゴでした。それで私は、これから行く国がエイゴを話す国だと分かり、自分がそれほどできないのにエイゴならという気がしてとてもほっとしました。

　それから、何がどうなったかははっきり覚えていません。私はボードの前の床に座り、少年はその後ろに座りました。するとボタンのボードがなくなり、私は真っ暗な壁《かべ》と向き合っているような気がしました。どこかから、煙《けむり》の匂《にお》いがしました。火事のときの刺激《しげき》のある匂いではなく、とても気持ちのよい匂いでした。私は、落葉焚《た》きの匂いだと思いました。

　次の瞬間、私はメリーゴーランドに乗っているように動いていました。とても早い速度で回っているようでした。私は目を閉じました。気分が悪くなるのではなく、かえって楽しさや嬉しさがあふれてきて体が軽くなっていきました。匂いはますます気持ちのよいものになりました。

　その動きが突然《とつぜん》止まりました。すると、私は芝生《しばふ》の上に座っていました。少年は私の横で、格子柄《こうしがら》の布の上に横たわっていました。目は閉じられていました。眠っているのかしら？と思うか思わないうちにその目が開き、横になったままで少年が言いました。

「Welcome to London, Kristin. My name is Andy（ロンドンにようこそ、クリスティーン！ぼくはアンディといいます）」

　私は、思わず笑ってしまいました。彼がエイゴを喋ったのが可笑《おか》しくて、くすぐったいような気がしたからです。アンディは横になったまま、なぜ私が笑っているのかが分からない様子でにこにこしていましたが、「Are you hungry?（お腹はすいていませんか？）」と思いがけない質問をしました。

（ここからは、私とアンディの会話は全部エイゴになりますが、読者のみなさんに面倒な思いをさせないようにスウェーデン語でお話しします。）

「お腹すいてない？」

そう聞かれて、私はとても空腹なのに気付きました。立ち上がって周りを見まわすと、私がいるのはものすごく広い公園でした。アンディは、遠くに見える屋台《やたい》のほうに走っていきました。戻ってきた彼の手には、ポテトチップスと、何か油で揚げたようなものがありました。そのひとつを受け取って、私は慎重《しんちょう》に少しだけ口に含みました。魚の味でした。

「おいしいわ」

私は、失礼にならないようにと思ってそう言いました。でも、本当は同じようなものだけれどハンバーガーを食べたかったのです。

「バッキンガム宮殿はこの近くですか？」

「あっちです」

アンディは、口いっぱいに揚げ物をほお張ったまま、親指で肩ごしに背後をさしました。

バッキンガム宮殿とは、エリザベス女王が住んでいらっしゃるお城です。

「ぼくたちは、あとでバスに乗ることにしよう。そうすれば、ロンドンの街をたくさん見ることができるからね」

アンディは、公園の向こうを走っている二階建てバスを指さしました。

「ここに、ロンドンの案内地図があるから見てごらん」

私が、それを開いて見ようとしたとき、風が吹いてきて地図を吹き飛ばしました。地図は、芝生の上を滑《すべ》るように飛んでいきました。私は、その後を追いかけました。

「はい、どうぞ！」

地図は、芝生に敷物をしいて座っていた一組の男女が捕《つか》まえ、女の人のほうが差し出してくれました。その人は、日本人のように見えました。

「ありがとうございます」とお礼を言って受け取ると、「あなたは学校のお休みでイギリスに来たの？」と、その人が微笑《ほほえ》みながら尋ねました。笑うと、その目はとても細くなりました。

「ええ、そうです。あなたも休暇のご旅行ですか？」

私は、はっきりとした声で答えました。すると、男の人のほうが大きな声で笑いました。

彼は黒いハンチングをかぶり、サングラスをかけていました。私は、この人にはどこかで会ったことがあるような気がしました。

「この人はね、私と一緒にここに来たんだよ」

彼は長い腕を伸ばして、女の人の肩に回しました。女の人は頭を傾《かたむ》けて男の人の肩にのせ、恋人の眼差《まなざ》しで男の人の顔を見つめました。

「She loves me, yeah, yeah, yeah（彼女はわたしに恋してる、ヤー・ヤー・ヤー）」

男の人が、突然そう歌い出しました。私は、どうしていいのか分からなくて、精《せい》いっぱいの笑顔を見せてからアンディのところに駆《か》け戻りました。そのアンディは、おかしな顔をして二人のほうを見ていました。口は開きっぱなしで、目も大きく見開かれ、眼球《がんきゅう》は今にもこぼれ落ちそうでした。

「お嬢さんは、音楽はお嫌《きら》いですか？」

ハンチングの男の人が、私の背中に呼びかけました。私は、返事なんかするものか！、と決めました。この人は、少し気がおかしいかもしれないと思ったからです。しかし、アンディが叫《さけ》び返しました。

「クリスティーンは大好きですよ！　どうしてそれが分かったのですか？」

「ここへおいで！　チケットをあげよう」

男の人がまた呼びました。チケット？　何のチケットかしら？　と私は振り返ってみました。たしかに、男の人はチケットのようなものを手にしてそれを振っていました。私は二人のところへ戻り、男の人の手からその紙を、少しためらいながら受け取りました。

「もう一枚あげたら。ボーイフレンドがいるんでしょう？」

女の人が、アンンディを指さしながら男の人に言いました。アンディは、まだ同じ顔のまま突っ立ってい

ました。ハンチングの男の人は、もう一枚のチケットを私に差し出しました。このとき、私は初めてチケットに印刷されている文字を読みました……。

「BEATLES, WEMBLEY……」

ビー・ト・ル・ズ!! 私は男の人をじっと見つめました。ジョン・レノンさんでした。間違いありません。お父さんの最大のアイドル、そのジョン・レノンさんが私の目の前に座っているのです。それなら、女の人はオノ・ヨーコさんなの? ヨーコさんなら、日本人風に見えて当然《とうぜん》だわ!

私は、もともと気が強いほうではありません。けれども、この機会を逃《のが》すことはできません。

「あの、サインをいただけますか?」

自分の声が、完全にかすれていることが分かりました。

「いいとも!」

ジョンさんはペンを取り出し、コンサートのパンフレットにサインをしました。そのとき、私の頭にカイサが言っていたことがひらめきました。ヨーロッパ旅行で手に入れたものは何ひとつ持ち帰ることはできない、です。カイサも、サッカー選手のサインを持って来られませんでした。だから、レノンさんのサインも持ち帰れないのは明らかなことです。セルカンは、「腕にサインしてもらったらよかったのに」と言っていました。私は、大急ぎでセーターの腕をまくり上げました。

「おや、腕にもするの？」と、ジョンさんは笑いました。そして、“John Lennon”とフェルトペンで書いてくれました。私の全身に震《ふる》えが走りました。

ジョン・レノンのサインがもらえたんだっ!!

私は、できるかぎりていねいな心を込めたお礼を言い、アンディのところにふらふらしながら戻りました。アンディは、チケットを見たとたんに気絶《きぜつ》しそうになりました。

「クリスティーン、君はジョン・レノンと話をしたんだよ！」

アンンディは興奮《こうふん》していました。私も、とっくに興奮していました。

——こんなことがあるなんて！　ビートルズのコンサートにも行けるんだ！　すばらしい！　すばらしいわ！

未来へ戻る

私は、ロンドンですばらしい二日間を過ごしました。いいえ、こんな表現ではまったく不十分です。私の人生の中で、最高の日々でした。ジョン・レノンさんとオノ・ヨーコさんに出会ったこと、そしてその夜のコンサートがクライマックスでした。翌日には、私とアンディはあちこちを見てまわりました。マダム・タッソーの蝋《ろう》人形館へも行きました。そこにあるエルビス・プレスリーは、そっくりそのままでした。でも、マリリン・モンローはあまり似ていませんでした。

ロンドン塔《とう》へも行きました。囚人《しゅうじん》が閉じ込められていた部屋がありました。ガイドさんが、ヘンリー八世と六人の王妃《おうひ》たちのあわれな最後の日々について話してくれました。そのとき、王妃たち一人ひとりの長い一生をひとことにまとめる言葉として、divorced、beheaded、died、divorced、beheaded、survived というひとつながりの言葉を覚えました（これらの言葉の意味は、辞書を引けばすぐに分かります）。

「今度はサッカーを観《み》に行こうよ」

ロンドン塔を出ると、アンディが言いました。私は、失礼にならないようにと同意しました。どちらかと言えば、服などを買いに行きたい気持ちが強かったのですが。けれども、そのときもすぐに、旅行からは何も持ち帰れないことを思い出しました。それに、あちこちで目にしたモードが私には奇抜《きばつ》すぎて、好きになれないことにも気付いていました。ですから、結局、買い物はしませんでした。

サッカー場に着いて、私たちはチケット売り場の行列に並びました。すこしたって、私は何気なく手首の砂時計を見ました。その瞬間、ショックで私の心臓《しんぞう》は止まりそうでした。

「アンディ、たいへん！　砂がなくなりそう！」

アンディは、私の手をつかむとものも言わずに走り出しました。私も、あらんかぎりの力をふり絞《しぼ》って走りました。走りに走って、最初に目を覚ました公園のその場所に着き、二人ともそこへ身を投げ出しました。

「目を閉じて、クリスティーン！」

アンディが厳《きび》しい声で言いました。私は言われる通りにしました。すると、背中のあたりに固いものを感じました。ルッカンの把手《とって》でした。アンディはそれを開くと、アルファベットのボタンでキーワードを打ち込みました。それからマイクロフォンを引っ張り出し、早口に呪文《じゅもん》を唱《とな》えました。

「飛び込め、クリスティーン！　飛び込め！」

私の膝元《ひざもと》には、真っ暗な深い深い穴が空いていました。私は、恐《こわ》くて体が動きませんでした。

「飛び込め！」

アンディが今度は命令するように言いました。私は思い切って飛び込みました。すぐに煙《けむり》の匂いを感じ、メリーゴーランドの感じがよみがえってきました。それが止まると、固いものの上に寝転んでいるのを感じました。膝が少し痛むようでしたので、体を曲げてどうなっているのかを見ようとしましたが、真っ暗で何も見えませんでした。首に何かが巻きついているように感じて手をやると、紐《ひも》に指がかかりました。グルップルムのキーだ！

私は、ドアまで這《は》っていきました。キーは、うまく鍵穴《かぎあな》にささりました。突然、教室の中の話し声が聞こえ始めました。お腹から胸へと温かなものがあふれました。私は過去から現在へ、いいえ、現在から未来へと戻ってきたのです。

サイン

「どこへ行ってきたの？」

みんなが、異口同音《いくどうおん》に発した最初の質問はこれでした。

「イングランドです」私の答えはもちろんこれでした。

「イギリスの一部ですね。イギリスは四つの地方から成り立っています。イングランド、スコットランド、ウェールズ、そして北アイルランドです」

エヴァ先生が説明しました。私は、以前にそれを聞いたことがあるのを思い出しました。

「みなさんは、英語が世界の広い地域で使われているのはなぜか知っていますか？」

エヴァ先生が質問しました。みんなはいろいろと答えましたが、それをまとめるとだいたいこういうことでした。

――イギリスは、世界中に植民地《しょくみんち》をもっていたからです。

――インドやオーストラリアも植民地で、そこでは今も英語が使われているからです。

私は、グルップルムから出てきたときのままカテダンのそばに立って、みんなが答えるのを片方の耳だけで聞いていました。頭がぐらぐらしていたからです。きっと、あの煙のせいだと私は思いました。

「クリスティーナ、今あなたは旅行のお話を少しでもできますか？」

エヴァ先生が、私の髪を撫《な》でつけながら尋ねました。私は頷《うなず》いて、ビートルズのコンサートのことを話しました。みんなはとても羨《うらや》ましがりました。私は、ジョン・レノンさんのサインが私の腕に残っているかどうかをまだ確《たし》かめていないのに気付いて、急に落ち着かなくなりました。読者のみなさんは残っていたと思いますか？　そうです、はっきりと残っていたのです！

「よくそれに気付いたね！」

セルカンが、それ以上はないというほどの輝《かがや》くような笑顔になりました。私も、お腹のそこから嬉しさが吹き上げてきました。

お父さんに、ジョン・レノンさんに出会ったことを話してあげよう。羨ましくって、不機《ふき》嫌《げん》になってしまうかしら？

家への道すがら、私はペトラスにお父さんにどう話をすればいいかを相談しました。ペトラスはこう言いました。

「そのことをだけを話すのがいいと思うよ、ジョン・レノンに会ったってね。そして、腕のサインを見せるんだ。それをどう判断《はんだん》するかは、お父さんの勝手だから。ただ、旅行のことは何も言ってはいけない。まずいことが起こるだけだから」

夕食の後、私はいきなり腕まくりをして、お父さんの目の前に突き付けました。そして、お父さんがどう反応するか、目の中を覗《のぞ》き込みながら厳《おごそ》かな声で言いました。

「ジョン・レノンさんのサインよ。もらったの。すごいでしょう？」

（読者のみなさんは、心優《やさ》しいお父さんはどうしたと思いますか？）

まず、ちらっとサインに視線を投げ掛けました。それから体を起こすと、食卓におおいかぶさるようにして私の腕に目を近づけました。そして、精いっぱい芝居《しばい》がかった声で言いました。

「すごいじゃないか。本当にすごい！　ぼくの可愛いクリスティーンちゃん！」

ビリー、旅行を拒否《きょひ》する

ビリーがこのクラスに来ると聞いたとき、私があまり嬉《うれ》しくなかったということを読者のみなさんは覚えていらっしゃるでしょうか？　それは、ビリーがとても乱暴《らんぼう》だと知っていたからです。私は、ビリーが加わったさまざまな事件を見てもいましたし聞いてもいましたから、そう思っていたのです。けれども、このクラスに来てからのビリーはたしかに変わりました。でもそれは、ずっと前からの友達であるトッペがいたからでしょうか？　つまり、二人はいつも喧嘩《けんか》し合ってはいたものの本当の友達同士で、そして同じクラスになれたからでしょうか？

それもあるかもしれませんが、私は、担任がエヴァ先生になったからでもあると思うのです。きっと、それが大きな理由だと思います。エヴァ先生は、トッペやビリーのような乱暴者にも、イサベルのように生意気《なまいき》でずうずうしい子どもたちにも分け隔《へだ》てなく親切でしたし、むしろそういう子どもたちに対してのほうが一段と親切だったからです。

とはいっても、ビリーはクラス全体にとってやっぱり問題児でした。彼だけが、旅行に行きたがらなかったからです。エヴァ先生もたびたび、ヨーロッパの勉強が仕上がるためにはビリーも旅行に行かなければならない、と言って聞かせましたが、ビリーはいつも首を横に振って、頑固《がんこ》に拒否しました。私たちも事あるごとに、ビリーだって旅行に行ったら間違いなく楽しいと思うだろうと説得《せっとく》に努《つと》めました。するとビリーは決まって怒り出し、「オレのことなんか、ほっといてくれっ！」と怒鳴《どな》りました。

時がたつにつれて、ビリーには旅行に行くつもりがないことがますます明らかになっていきました。エヴァ先生がこれを非常に心配していることは、私たちの目にも明らかでした。先生は、この授業の最初から、一人の生徒が一度、全部で二四回の旅行をしなければならないと言

っていました。もし、ビリーがあくまでも行かないとなると二三回にしかなりません。そのときには、いったい何が起こるのでしょうか？　ペトラスは、ある日、エヴァ先生にそれを質問しました。

「クラスの全員が旅行しないときにはどうなるのですか？」

「私とグルップルムの少年に、大きくて困難《こんなん》な問題が起きます」

先生は、厳《きび》しい表情でした。

「でも、そうはならないでしょう。みなさん全員が旅行をしてくれるからです」

ひと息おいて、先生はそう付け加えました。「ぼくもそう思います」と、ペトラスは自信ありげに言いました。エヴァ先生に余計《よけい》な心配をかけさせたくなかったからだろう、と私は思いました。けれども、ビリーは自分の考えを変えようという気配《けはい》は何も見せませんでした。

「ビリー、あなたは旅行を続けるか続けないかの投票ではイエスではなかったかしら？」

ある日、ビリーが繰り返し「考えを変えるつもりはない」と言い張ったときにエヴァ先生は、とうとうこう指摘《してき》しました。

「イエスには投票したけど、オレが行くってことにイエスは言ってないです」

ビリーがこう切り返したとき、先生はふっと小さくため息を漏《も》らしました。そして、それ

(21)　スウェーデンでは、1996年度より、小学校５年生と中学３年生に対して、スウェーデン語、英語、算数（数学）の３科目で全国テストが実施されている。これは、各学校の授業の質を同じ水準に保つための資料とするものとされている。

以上は何も言いませんでした。

読者のみなさんは、ビリーは怖《こわ》がっているのだと思っているのではないでしょうか？　私はそうだと思っています。そんなのはまったく理由にはなりません。でもビリーは、絶対に行かないのだと固く決心をしているのです。

五月末から六月にかけて五年生の全国テスト(21)があり、コールモルデン動物園(22)への校外学習などをしているうちに春学期もいよいよ二日を残すだけになりました。旅行は、ビリーを除《のぞ》いて全員がすませていました。

「ビリー、今日はどうしても行って欲しいわ」

最後の週の水曜日でした。グルッププルムのドアにノックが聞こえたとき、エヴァ先生はビリーの机まで行ってそう言いました。しかし、ビリーは、いつものように首を横に振りました。

「残っている国ならどの国に行ってもいいわ」先生も一生懸命《いっしょうけんめい》でした。

ビリーはまた首を横に振りました。エヴァ先生の表情が曇《くも》りました。

「グルッププルムの少年と相談してきます」

先生はそう言い残すと、グルッププルムに入っていきました。先生を待っている間、私たち

(22)　Kolmården djurpark　ウステルヨットランド県にある国内最大の動物公園。100種類以上の動物を約750頭飼育している。学校と連携した学習活動、野生動物保護運動にも取り組んでいる。1965年に公営で創設され、1997年に民営化された。

はビリーを何とか説得しようとしましたが、彼は怒るばかりで無駄《むだ》に終わりました。私にとっては、ビリーが旅行に行こうが行くまいがどちらでもよかったのですが、エヴァ先生のことを思うと行ってもらうしかないのです。

一〇分ほどして、エヴァ先生が戻ってきました。

「みなさん、ここで休憩にします。全員、外に出てください。ビリーは残ってね。お話があります」

「オレ、話すことなんかないよ！」

ビリーは、青い顔をして叫びました。けれども、エヴァ先生の断固《だんこ》たる雰囲気《ふんいき》に押されてカテダンへ進んでいきました。

外に出た私たちは、エヴァ先生はビリーの決心を変えさせられるのだろうかと気掛かりでなりませんでした。多くの子どもが否定的《ひていてき》でした。「ビリーは年寄りのように頑固《がんこ》なんだもの……」と、イサベルが言いました。しかし、私はこの意見には賛成できませんでした。

教室に戻ったとき、ビリーの姿はありませんでした。

「ビリーは旅行に行ったのですか？」セルカンがびっくりして聞きました。

「ええ、行ってくれましたよ」

エヴァ先生の顔には奇妙《きみょう》な表情が浮かんでいました。

「ぼくは、絶対行かないと思っていました」とセルカンが言い、「何と言ったら、ビリーは決心を変えたのですか？」とイサベルが聞きました。

「私は知りません。ビリーは、最後の最後に行ってみたい気持ちになったのでしょう。きっと、そうだと思うわ」

先生は、無理をしてつくったような微笑《ほほえ》みを浮かべました。

「どこの国へ行ったのですか？」と、ウッレが聞きました。

「もうお終《しま》い！　ビリーについてのお喋《しゃべ》りは」

突然、エヴァ先生が少しいらだった声で鋭《するど》く言い放ちました。私たちに対して、先生がこんな声を発したのはこれまでなかったことでした。それに、先生の目は暗い光を発していました。私は自分の目を疑《うたが》いました。先生がこんな目をするなんて！

「算数の教科書とノートを出して、これまでの続きをやってください。ビリーについては、もうひとことも聞きたくありません」

エヴァ先生は、低くて強い声で命令しました。私たちは言われた通りにしました。私が、エヴァ先生を怖《こわ》いと感じたのはこのときが初めてでした。目も声も、いつもとはまるで違っていたからです。

「先生、何かあったのかしら？」マルチナがささやきました。

私は、ちょっとだけ肩を揺《ゆ》すりました。私はそのとき、私たちが算数に集中していれば、先生はこれ以上怒ることはないだろうと考えていました。

教室は、重苦しい雰囲気《ふんいき》になりました。時間がゆっくりと過ぎていきました。誰一人として、手を挙げる者はいませんでした。エヴァ先生も沈黙《ちんもく》したまま、カテダンで宿題の点検《てんけん》をしていました。私は、それを見てとても驚きました。先生は、授業中に宿題の点検をしたことはありません。授業中は、机の間をゆっくり回り、生徒たちに注意やヒントを与えるのでしたから。

「お昼になりました。廊下《ろうか》に出て整列してください」

エヴァ先生は、立ち上がって命令しました。私たちはラグナルさんに連《つ》れられて列になって食堂へ行き、ミートソース・スパゲッティを食べました。ぜんぜん美味しくありませんでした。みんなが考えていることは同じでした。第一は、エヴァ先生は何と言ってビリーの決心を変えさせたのだろう、でした。そしてもうひとつは、エヴァ先生はどうして腹を立てているのだろう、でした。

　昼食の後、エヴァ先生は宿題の点検を続け、私たちは英語の文法を自習しました。先生は、私たちがやっていることにほとんど関心がなさそうでした。ヨセフィーンが、「終わりました」と言ったときにも、「何でも好きな課題《かだい》をやっていてください」と言っただけでした。いつもなら、自分で課題を選んで与えるのにです。

　ビリーが帰ってきたのは授業終了の一〇分前でした。グルップルムのドアにキーが差し込まれる音が聞こえたとき、私たちは一人残らずドキッとし、目がそこに釘付《くぎづ》けとなりました。エヴァ先生だけは、身動き一つしませんでした。

　先生は、カテダンに座ったまま宿題を見ていました。ビリーが教室に入ってきたのにも気付かないかのようでした。私は、自分の目を疑いました。誰かが旅行から帰ってきたときにはいつだって先生はグルップルムのドアに駆《か》け寄り、「お帰り」と言うのでした。何人かの子は、両腕で優しく抱いてもらいました。トッべもその一人です。トッべが、水晶《すいしょう》の夜を体験して怖い気持ちのまま帰ってきたとき、そうしてあげました。けれども、ビリーに対してはまったく冷淡《れいたん》でした。

　教室に入ってきたビリーは、髪はさんざんに乱《みだ》れ、目は腫《は》れていました。彼は、入ったところに立ち止まり、エヴァ先生を睨《にら》み付けました。先生は、ビリーを見ることもしませんでした。ビリーは首からキーを外すと、紐《ひも》をまるめて手に握りしめました。そして、それをカテダンに投げ付けました。キーは、先生が見ていた宿題帳の真ん中に当たりました。エヴァ先生はそれでも微動《びどう》だにせず、宿題の点検を続けました。ビリーは、真っすぐに自分の机に突き進んでいき、ザックを取り上げると肩に担《かつ》いで教室のドアに向かいました。ドアを開けて一歩踏み出したところでビリーは足を止めると、エヴァ先生のほうを振り返りました。そして、叫《さけ》びました。

「オマエ、頭おかしくなったのか、ばかやろう！　よくもオレを突き落としたな！」

校長先生に相談しようか？

「よくもオレを突き落としたな！」

私たちは耳を疑いました。エヴァ先生が、ビリーをルッカンから突き落とすなんて、とても真実とは思われませんでした。

「さあ、下校の時間です。宿題を持ち帰るのを忘れないでください」

エヴァ先生は、カテダンの上に宿題帳を積み上げると私たちにそう言いつけて、足早にグルップルムに入ってしまいました。ドアに鍵《かぎ》がかかる音がしたあとは、もう何も聞こえませんでした。

初め、私たちは恐《おそ》ろしくて身動きができず、そのまま席にいました。どうしたらよいか分かりませんでした。しばらくして、一人、二人と立って家路《いえじ》につく者が増えていき、そして、とうとうマルチナとペトラスと私の三人だけになりました。

「何かしなきゃいけないわ。このまま、家に帰れると思う？」

マルチナが小声で、しかし落ち着いて言いました。

「エヴァ先生に、本当かどうか聞いてみようよ。本当に突き落としたのかをさ……もし本当だったらやりすぎだよ、間違いなく。そうしたら、校長先生に話さなければ……グルップルムをノックしてみようか？」と、ペトラスが言いました。

私も、同じ意見でしたので二度三度と強く頷《うなず》きました。そのとき、突然《とつぜん》グルップルムのドアが開いてエヴァ先生が現れました。その姿を見て、私はびっくりしました。六月だというのに、先生は黒いスカーフで頭を包み、あちこちに虫の食った穴が空いていそうな古びたウールのロング・コートを着ていました。スカーフの下の顔だけが、周りのうす暗さの中で白く浮き上がって見えました。

「あなたたち、まだいたの？」

先生の声は、さっきと同じように鋭く尖《とが》っていました。

「あの、宿題を忘れたので……」

マルチナが口ごもりました。マルチナは机のふたを開いて、英語の練習帳を取り出しました。私たちは大急ぎで教室を出て、何も言わずに廊下を走り抜けました。三人とも恐ろしさに舌《した》がこわばってしまっていました。体育館のところまで来て、私たちは立ち止まりました。教室を振り返ってみましたが、人影は見えません。窓のガラスが空を映しているばかりでした。

「あの変なロング・コート見た？　真冬に着るものじゃないの？」

マルチナが声を潜《ひそ》めて言いました。ペトラスも私も頷きました。

「校長先生のところへ、今すぐ行ったほうがいいかもしれないね？」と、ペトラスが同意を求めるように言いました。

「エヴァ先生には……助けが必要だよ、助けが……きっと」

「助けって、どういう意味？」と私が聞きました。

「まったく変わってしまっているじゃないか。いつだってあんなに親切だったのに……ぼくはとっても怖《こわ》かったよ。何かがあったんだよ、間違いなく」

私たちは頷きました。けれども、マルチナの考えは違っていました。

「すぐじゃないほうがいいと思う、私。今すぐ校長先生のところへ行ったら、何もかも説明しなきゃならなくなるわ……グルップルムのこと、小さい人のこと、ルッカンのこと、何もかもよ！　それはできないわよね。だから、まずビリーと話すのよ。それからエヴァ先生と……」

「そうね、まずビリーと話す。それからエヴァ先生と話す。……そうだわ」私は力強く言いました。

終業式の前日

翌日、ビリーは登校しませんでした。私たちが教室に来たとき、エヴァ先生はカテダンに座って宿題の点検をしていました。先生は、普段《ふだん》と変わらない様子でした。むしろ、一段と生き生きしているようにさえ感じられました。

「おはよう、クリスティーン。マルチナもおはよう！」

私たちを見て、先生は艶《つや》のある声をかけました。

「おはようございます！」

私たちも明るく返事をして、席に着きました。それでも、教室はいつもより静かでした。誰もが教室に着くと真《ま》っすぐ自分の席に行き、普段のように鐘が鳴るまでは歩きまわったり、お喋りをしている者がいなかったからです。やがて、ビリーを除《のぞ》いた全員が揃《そろ》いました。

「明日は、学年の最終日ですね。一年がたつのは本当に早いものです。そうは思いませんか？」

私たち全員が頷《うなず》きました。でも、私たちが待っていたのは、昨日のビリーとの出来事についての先生の言葉でした。でも、先生が次に言ったのはこんなことでした。

「明日の教会での終業式には、みなさんのご両親で出席なさる方もいらっしゃるでしょう。今、出席が分かっている人はどれくらいいますか？」

多くの生徒が、たぶん全員が手を挙げました。

「私は、みなさんと一緒に教会へは行きません。けれども、ここでみなさんが戻ってくるのを待っています。それから、お別れの会をしましょう」

「両親もここへ来るのですか？」と、ヨセフィーンが尋ねました。

「いいえ。ご両親は参加しません。私たちだけです」

「私のママはきっと参加したがると思います。先生にこの一年のお礼を言うために……」ヨセフィーンは食い下がりました。

「あら、そう？」

　エヴァ先生の顔には、喜びの表情ではなくどこか面倒《めんどう》がっている陰《かげ》が浮かびました。

「私の両親も参加したがると思います」

　何人かが、ヨセフィーンに続いて発言しました。エヴァ先生は黙って突っ立っていました。両腕は、体にそって垂《た》れ下がっていました。突然、ものを言うことを忘れてしまったかのようでした。そうしているうちに、先生の顔に生気《せいき》が戻ってきました。

「それは、そうだと思います。分かりました。では、教会での式の後に、来たい方には教室に来ていただきましょう……私たちだけのお別れ会は夕方にします。クラス・パーティーの形でやりましょう。私が準備を整《ととの》えておきます。それでいいですか？」

　教室は再び静まり返りました。私たちはずっと一年中、クラス・パーティーをやりたいと言い続けてきました。しかし、エヴァ先生の答えは決まって「忙しくて時間が取れない」でした。ところが、今日は、その先生から提案《ていあん》があったのです！　エヴァ先生という人は、本当に予想もできないことをして、私たちを驚かす人です。

「時間は七時にしましょう。みんな来られますね？」

私たちは頷きました。全員が、何をさしおいても来る気になっていたに違いありません。

「六年生になればみなさんは新しいクラスになり、離《はな》れ離《ばな》れになります。ですから、これが私たちだけで集まる最後の機会になります」

エヴァ先生のこの言葉で私は改《あらた》めてその事実を思い出し、胸が締《し》めつけられるのを感じました。

「先生は、来年、何年生を受け持つのですか？」と、イサベルが聞きました。

「それは……私にも分かりません。どこも受け持たないかもしれません。私は、このクラスとあまりにぴったり合っていたので、新しいクラスを受け持ちたいとは本当のところ考えていないのです……」

私は、この言葉を素直に受け止められませんでした。先生が私たちをそんなにも好きでいてくれるのはもちろん嬉《うれ》しいことです。けれども、だからといってほかのクラスの担任をしたくないというのはちょっと変だと思うからです。先生というものは、一般的《いっぱんてき》にはそうまではならないのではないかと思います。四年生のときの担任のベーリット先生などは、学年の終わりには私たちに疲れ切っていました。ベーリット先生はそれを隠《かく》しませんでした。それはちょっと不作法《ぶさほう》かもしれませんが、偽《いつわ》るよりも正直でいいと思うのです。

「では、今日の作業を始めることにしましょう。やるべきことが山ほどありますからね」

終業式の前日にやると決まっていて、毎年繰り返し行われてきたことがたくさんあります。それを、今年もやるのです。私たちは、全部の教科書にかけていたカバーを外《はず》すことから始めました。次に、全部の教科書に書き込まれた字や絵を消しゴムで消しました。これは、できるだけきれいに消さなければなりません。それが終わったところで、セルカンとヨセフィーンが全部の教科書を集めました。次は、個人の科目別のファイルから中身《なかみ》を外してまとめ、ノートと一緒にして紐《ひも》で縛《しば》りました。その次は机の掃除でした。トッべは、進んでビリーの机も掃除しました。これにはエヴァ先生も喜んで、ありがとうを言いました。

「先生、ビリーはどうしてる？」

誰かが、突然《とつぜん》聞きました。セルカンの声のようでした。その声で教室がいっぺんに静かになり、みんながエヴァ先生の答えを待ちました。

「ビリーは病気らしいです」

エヴァ先生は、紙類の仕分《しわ》けの手を止めずにぶっきらぼうに答えました。エヴァ先生にしては変な答えでした。毎朝九時になっても姿を見せない生徒がいると、誰かを学校の事務室にやって、欠席の通知が届いているかどうかを確《たし》かめるのがエヴァ先生のやり方でした。「もし、通知がなくてここに来ていないなら、登校途中《とちゅう》に何かがあったということです」というのが先生の説明でした。ですから、病気らしいなどと、「らしい」がつくと私たちにはまったく奇妙《きみょう》に聞こえるのです。しかも、今朝は誰も事務室に行っていません。

やっぱり、エヴァ先生は少しおかしい！　助けが必要かもしれない！

ビリーの双子の兄

しかし、私たちは黙《だま》って作業を続けました。教室の掃除には、たいして時間はかかりませんでした。というのも、普通のクラスなら壁《かべ》にびっしり張られている絵とかレポートとかの展示物がこの教室にはひとつもなかったからです。それで、グルップルムの掃除もしましょうかと、ペトラスが尋ねました。

「グルップルムは私がします」と、エヴァ先生は少し不機嫌《ふきげん》そうな声で答えました。

私が窓の桟《さん》を拭いていたとき、入り口のドアが乱暴に開かれました。その開かれ方で、私はてっきりトッベのお父さんがまた来たのだと思いました。彼以外に、ノックもせずにいきなりドアを開けそうな人を知らなかったからです。でも、そうではありませんでした。ビリーの、双子のお兄さんたちでした。

この二人が何をしに来たのかをお話しする前に、この二人がどんな人であるかを大急ぎでお話ししておきましょう。

私が、ビリーと同じクラスになりたくないと思ったことはすでに言いました。ビリーが

乱暴者だったからです。でも、ビリーの乱暴《らんぼう》さは、このジミーとジョニーという兄に比べれば取るに足らないものでした。

どの学校にでも、乱暴者で名前が通り、誰一人知らないものはおらず、多くに生徒から恐《おそ》れられている人がきっと二、三人はいるのではないでしょうか。私の学校では、それがジミーとジョニーでした。二人は九年生でした。幸いなことに、彼らが勉強するのは坂の上のほうにある別の校舎でしたから、私たちが二人に出会うことはめったにありませんでした。それにもかかわらず、私は一年生に入学したときには、彼らが何者であるかをもう知っていたのです。私がビリーのことを実際《じっさい》以上に乱暴だと思い込んでいたのは、ビリーがジミーとジョニーの弟だったからだと思います。とにかく、私は二人を鬼《おに》のように恐れていましたし、クラスの全員もまた同じように感じていました。

教室に一歩踏み込んだ二人は、明らかに怒っていました。二人はまったく同じ髪型をし、まったく同じジーンズのジャケットとズボンを身に着けていました。

「おれらの弟をカワイがってくれたのはどいつだ?」と、一人が言いました。

私たちは黙っていました。エヴァ先生も無言でした。

「ビリーは泣いて帰ってきたんだぞ。誰かにヤラレタのは間違いない。ビリーは泣き虫なんかじゃない。そうじゃないか？」と、もう一人が言いました。

「ビリーは、もう学校には行かねぇって言ってるんだ！　絶対《ぜったい》に、とな！」前の一人が言いました。

「トッベ！　おめぇがヤッタんじゃねぇのか？」

トッベは、机が自分を守ってくれるとでも思っているかのように、その下に潜《もぐ》り込むほど体を小さくし、恐ろしさでこわばった顔を机の上に乗せていました。

「何にもしてないです、ぼく」トッベはか細い声で答えました。

「じゃあ誰がヤッタんだ、えっ？」

彼は、トッベのほうに一歩踏み出しました。

「トッベではありません」

エヴァ先生が、カテダンから立ち上がって言いました。

「トッベではありません。ビリーに悪いことをしたのは私です」

ジミーとジョニーは驚きました。驚きのあまり、それとはっきり分かるほど表情が変わりました。先生が自分から、生徒に悪いことをしたと言うのを、二人はこれまで一度も聞いたことがなかったに違いありません。二人にかぎらず、ほとんどの人がないのではないかと思います。私も、もちろんありませんでした。二人は息をつめて食い入るようにエヴァ先生を見つめていましたが、同時に息をふっと吐《は》き出すと、かすれた声で言いました。

「おまえが?」

「ええ、私がです。本当の愚《おろ》か者の私がです」

そして、エヴァ先生は続けました。

「私は、今あなたたち二人にお願いがあります。それをしてくれるなら心から感謝《かんしゃ》します……。ビリーを、学校が終わってからでも、ここへ寄越《よこ》してください。私は、ビリーに謝《あやま》りたいのです」

「謝る……?」と、トッペを脅《おど》したほうが言いました。

「そうです、謝りたいのです」

エヴァ先生は繰り返しました。そして、長い沈黙が続きました。それから、ようやくもう一人が言いました。

「ビリーをここへ来させるのは簡単じゃねえぜ。ヤツは、自分の部屋に入ったきり、泣きっぱなしだからなぁ。ドアも閉めきってな」

エヴァ先生は、二人をじっと見つめたまま立ち尽《つ》くしていました。やがて、身を屈《かが》めるとカテダンの一番下の引き出しを開けました。

「これをビリーに渡してください」

立ち上がった先生はそう言って、手にした青いビロードの紐《ひも》を二人に差し出しました。

「私は、ここでビリーを待っています。ビリーが私を許《ゆる》してくれるなら、これを持って戻ってくるように伝えてください」

「それができないときには……」エヴァ先生の声が震《ふる》えてかすれました。

「それができないときには……これを、私がビリーにしたことを心から、心から後悔《こうかい》している印として受け取って欲しいと伝えてください」

ジミーとジョニーは、エヴァ先生を穴が開くほど見つめました。私たちも、先生から視線《しせん》をそらすことができませんでした。それと同時に、先生がしたことを信じられない気持ちでした。グルップルムのドアのキーを手放してしまったのです。グルップルムには、あの、私たちの全員が一緒《いっしょ》にヨーロッパ旅行した少年がいるのです。その少年が誰であるかは、私たちははっきりと知っています。エヴァ先生の子どもです。

ジミーとジョニーは、なおもエヴァ先生を見つめていましたが、とうとう一人がキーを受け取ると低い声で言いました。

「やってみよう。ビリーが来るか来ねえかは分からねえけど……」

「ありがとう、嬉《うれ》しいわ」

エヴァ先生は、こわばった笑顔をつくると、二人を押し出すように廊下《ろうか》に出し、ドアを閉めました。私たちは、先生が今起こった出来事を説明してくれるのを待っていました。先生はカテダンに戻ると、視線を窓の外に向けたまま身動きひとつしませんでした。

「人間は、もし何か間違ったことをしたときには謝らねばいけません。それは、みなさんも知っていますね？」

ずっと黙《だま》っていた先生が、ようやく口を開いてこう言いました。私たちは頷《うなず》きました。

「もし、その間違いがとてもとても重大《じゅうだい》だったら、心の底から謝っていることを分かってもらえるような謝り方をしなければなりません……。ですから私は、ビリーにキーを渡したのです」

　私は、エヴァ先生の言っていることが分かりました。けれども、分からないところもありました。エヴァ先生が、ビリーをルッカンから突き落としたのが本当なら、それはとてもとても悪いことに間違いありません。だからと言って、自分の子どものいる部屋のキーを人にやってしまうのは理解できないのです。それは、冷静《れいせい》な判断からは出てこない行為《こうい》だと思えるのです。

「さあ、もうビリーについての話はやめましょう。今私は、ただ、ビリーが私の謝罪《しゃざい》を受け入れてくれることを願っていたいだけです。そして、私はそれを信じています、全身で、一点の疑いもなしに……」

　そう言うエヴァ先生の顔には、いつもの微笑《ほほえ》みが浮かびました。私もそれを希望し、信じたいと思いました。でも、それが実現《じつげん》する可能性があるようには思えませんでした。

　時間は、とっくに下校の時間になっていました。私たちは大急ぎで窓を拭《ふ》き、書架《しょか》を拭き、練習帳やらノートやらをザックに入れました。誰もが、ヨーロッパ・ノートのことを気にしていました。何人かが、「家に持って帰ってもいいですか」と質問しました。エヴァ先生は答えませんでした。いよいよ家に帰るばかりとなったとき、セルカンがみんなを代表するように質問しました。

「ヨーロッパ・ノートも、持って帰っていいですか？」

エヴァ先生は、考えを決めかねているような表情でセルカンを見ていましたが、やがてこう言いました。

「まだ一ページが白いままです。ですから、だめです」

ビリーのページです。それは、もちろん白いままでした。

「ビリーが来て、報告してくれて、そのページを書くまではだめです。書いてしまえば、持ち帰ることができます」

「ビリーが来なかったら、どうなるんですか？」と、イサベルが心配そうに聞きました。

「ビリーが来なかったら……」エヴァ先生は言いよどみましたが、すぐに「もし、ビリーが来なかったら、家に持ち帰ることはできません」と続け、さらに「そのときは、私は計画Bを選ぶことになるでしょう。ただ、それがうまくいくかどうかは私にも分かりませんが……」と言って言葉を結びました。

この先生の言葉は、私たちにというより、自分自身に向かって言っているように私には感じられました。

「先生、計画Aというのは何ですか？」と、イサベルがすぐに聞き返しました。

「明日、分かります。私は、そうなることを祈っています」

終業式の日

終業式の日の朝、私は早く目が覚めました。こういう、何か特別の日はいつもそうなのです。マルチナとはバス停で会う約束ができていました。私たちは二人とも合唱クラブだったので、早朝の練習があったのです。私の両親は教会へ行くと言っていました。来なくていいよ、と私は言うのですが、終業式の教会行きは毎年欠《か》かしませんでした。

「美しい夏の歌を聴《き》きたいからね」

お父さんは、いつもこう言うのでした。私は、この日のために蝶々《ちょうちょう》を刺繍《ししゅう》したブラウスと赤いスカーフを買ってもらいました。その朝、髪をポニーテールに結って、それらを身に着けた私は鏡の中でとても素敵《すてき》に見えました。そこへお母さんが、小脇に贈り物の箱を抱えて入ってきました。

「ちょっと、これ付けてみて？」

青く光る石がついた銀のネックレスでした。毎年、終業式には、お母さんは私に自分のネックレスを貸してくれました。「お祝いの日には、何か借りたものを身に着けるものなのよ」というのがその理由でした。スウェーデンの昔からの習わしなのです。

「とってもいいわ！　ありがとう、ママ」

お母さんは頷《うなず》くとすぐに出ていきました。エヴァ先生への贈り物ね。私は、お母さんの小脇の箱をそう想像しました。

私はエヴァ先生への贈り物として、物を買う代わりに、“She loves me, yeah, yeah, yeah”と歌っている青年の絵を描きました。そして、その絵の余白には自分の写真を張りつけました。青年は、ジョン・レノンにはあまり似ていませんでした。でも、きっとエヴァ先生は喜んでくださると私は思いました。私は、絵を筒状《つつじょう》に巻いて、青と黄色の紐《ひも》で飾《かざ》り結びにしました。

「教会の後、教室でね！」

私が玄関のドアを開けたとき、お母さんが大声で呼びかけました。お母さんもお父さんも、エヴァ先生のことをいい先生だと思っていました。ですから、先生が教会での式には出席しないと知ったときには少なからず驚きました。私は、「先生は教会が好きでないの」とひとことだけ言いました。二人は、それでとにかく納得《なっとく》しました。

マルチナはバス停で待っていました。黄色のオーバーロールを着て、髪はお下げに結っていました。エヴァ先生へのプレゼントも持っていました。鎖《くさり》のついた幸運のクローバーでした。

「うわ、きれいだあ！」

私は、自分も何か買うべきだったと後悔《こうかい》しました。自分の絵が心に浮かび、それはとてもあか抜けない粗末《そまつ》なものに思えました。

合唱の練習はいつも以上にうまくいきました。教会では、合唱クラブの席は一番前の二列でした。マルチナは周りを見まわして、「イサベルのママがいるわ」とか「ヨセフィーンの弟、すてきな水兵服を着てるわよ」などと、いちいち小声で報告しました。私は実際《じっさい》のところ、マルチナの言うことを聞いていませんでした。ビリーを探していたのです。教会のドアが閉められたとき、ビリーは来る気にはならなかったのだと考えました。

「ビリーは来なかったようよ」と私がマルチナにささやくと、「そうみたいね。エヴァ先生、かわいそうだわ」と言いました。

「エヴァ先生、かわいそうだわ」

それは、私の気持ちでした。これからどうなるのだろう？　エヴァ先生は、わが子とまた会うことができるだろうか？　そう考えて私は震えました。もし、私がお母さんやお父さんと離れ離れになるほかないとしたら……それ以上に残酷《ざんこく》なことがあるとは考えられませんでした。

教会での式が終わっても、ビリーは現れませんでした。

教室に戻ると、エヴァ先生はいつものようにくるぶしまでの長いドレスに身を包んで、ドアから一番遠いところに立っていました。今日のドレスはベージュ色で、髪はいつもの通りでした。靴は磨《みが》かれて光っていました。なんて美しいのだろう！　私は、先生をまじまじと見つめました。

マルチナが幸福のクローバーを、私が絵を手渡しました。正直に言えば、先生が私の絵を開いて見たとき、私には先生はとても喜んでいるように思えました。

「まあ、すてきな絵だこと！　ありがとう、クリスティーン！」

エヴァ先生は私にウインクしました。ウインクをする先生を見るのは初めてでした。

カイサのお母さんは、コーヒーのポットを持参《じさん》していました。きっと、学校の初日にコーヒーが用意されていなかったのを覚えていたのでしょう。私たち子どもにはアイスクリームが振る舞われました。私たちがそれを食べ終わり、親たちみんなとエヴァ先生がコーヒーを飲み終わると全員がそれぞれの席に着き、エヴァ先生はカテダンに立ちました。

「今日で、この一年が終わります。このクラスは本当にすばらしいクラスでした。私は、みなさんとのすばらしい日々がもうないことを寂《さび》しく思っています。でも、生徒のみなさんとは夜にもう一度会う機会があります。そうでしたね？」

私たちは、声を揃《そろ》えて「ヤー」と答えました。エヴァ先生は満足げに微笑《ほほえ》みました。

それから、保護者が先生にお礼を言う「感謝《かんしゃ》の辞《じ》」になりました。去年は、イサベルのお母さんがその役を引き受けました。ベーリット先生は、その言葉に感動して涙を拭《ぬぐ》うのにたいへんでした。去年は、保護者の多くにとっては不満の多い年でしたが、イサベルのお母さんはもちろんそんなことにはひとことも触《ふ》れず、「あれもすばらしかった」、「これもすばらしかった」を繰り返しました。

私は、今年がお父さんの番でないことを必死に祈っていました。お父さんは、喋《しゃべ》り始めるといつ終わるべきかが分からなくなってしまうからです。私は、お父さんが部屋の中をグルグル回りながら覚える努力をしている様子がなかったのでたぶん大丈夫という気はしていましたが、家でないところで練習しているかもしれないので、完全に安心してはいられませんでした。

席を立って前へ進んでいったのはトッペのお父さんでした。私たちは、みんなびっくりして顔を見合わせました。

「ああー」、トッペのお父さんはしわがれた声を出した後、すぐに咳《せき》をしました。そして、「われわれ保護者は　この一年の　先生のご指導に　感謝　申し上げます」と言って、球根《きゅうこん》がついたままのチューリップの大きな花束をエヴァ先生に贈りました。それから彼は、席に戻ろうとするかのようにエヴァ先生に背中を向けかけましたが、突然《とつぜん》それを止めて、次の言葉を続けました。

「私は　先生が　うちのアクタレに　いろいろたくさん　とくにヨーロッパを教えてくださったことに　感謝して　おります」

彼は、トッペのほうを振り向いて目で笑いました。

「それに……」と、彼はさらに続けましたが、そこからは、早いうえに低い声のためとても聞き取りにくいものでした。

「……私は先生に謝《あやま》ります　大変失礼なことをしまして……」

教室が静まり返りました。

「いいえ、とんでもありません。私こそ、愚《おろ》かなことをいたしました」

エヴァ先生は、ハンカチで目頭を押さえて言いました。トッベのお父さんは、しばらくその場に突っ立っていましたが、手を口に当てて咳《せき》払いをすると、くるりと身を翻《ひるがえ》して席に戻り、腰を下ろしました。

誰かが拍手を始めると、全員がそれに続きました。力強い拍手が、長く教室に響《ひび》きました。この拍手は、エヴァ先生、間違いなく最高の先生エヴァに贈られるものだと私は思いました。

別れ

夜のパーティーに出かける前に、私は家族みんなでお母さん手製のスムールゴース・トータ(23)を食べました。ペトラスも一緒でした。そして、この一年に学校で書いたりつくったりしたものを全部並べて、両親に見せました。グスタフ・ヴァーサについての本、英語で演じた人形劇の人形などです。これは、夏休みが始まる日の、わが家の習わしなのです。

「ヨーロッパについては、何もつくらなかったのかい?」

聞くだろうなと思っていたことを、お父さんが聞きました。

「ヨーロッパは、お話と読書が中心だったのよ。あまり書いたりはしなかったの。前にも言ったでしょう」と、私は準備していた通りに答えました。

「そうか。何か見られるものがあったら、よかっただろうにな」

お父さんは、少し不機嫌《ふきげん》な言い方になりました。

「見せるものがあれば、私だって見てもらいたいわ。でも、本当にないんだもの!」

私は、叫《さけ》び出したい気持ちになりながら、できるだけ本当らしく聞こえるように静かに言

ゴース・トータは両者の中間的なもので、パンと果物を組み合わせて間食に用いられることが多い。

いました。ヨーロッパ・ノートを家に持ち帰ることができるかどうかは、夜にならないと分からないのです。

七時一五分前に学校へ向かいました。食べ物も飲み物も、何も持ちませんでした。エヴァ先生が、その必要はないと言っていたからです。

人気のない薄暗い廊下《ろうか》を行くのはちょっと怖《こわ》い感じでしたが、楽しさもありました。教室には、すでにかなりの人が来ていました。彼らは、ポップコーンやポテトチップスをほお張っていました。エヴァ先生が大きなガラスのボウルに用意してくれたものです。机は壁際《かべぎわ》に寄せられており、椅子も壁際に、不安定な感じで柱のように高く積み上げられていました。

エヴァ先生は、午前中とはドレスを替《か》えていました。今着てるのは、私たちが最初に出会った日に着ていたこげ茶色のロングドレスでした。襟《えり》には、蝶々《ちょうちょう》のブローチが付けられていました。カテダンの脇《わき》には革鞄《かわかばん》が置かれていました。そこからは、赤い色をした何かが覗《のぞ》いていました。ヨーロッパ・ノートに違いありません！

「みなさん、ようこそ！　もう全員がいますね！　ビリーはまだのようですが……」

エヴァ先生の声は、終わりのところで低くなりました。私たちは、エヴァ先生を見つめていました。私は先生のことがかわいそうになり、喉《のど》が詰まる思いでした。そして、これから

(23)　smörgåstårta　スムールゴースは、スライスしたパンにバターを塗り、その上にさまざまな食品をのせたスウェーデン風オープンサンド。トータは果物などを包んだり、乗せたりしたパイ。日本では「タート」あるいは「トルテ」という。スムール↗

何を始めようとしているのか心配でした。計画Bとは何なのだろう、とも考えました。

「みなさんは、床に大きな輪になって腰を下ろしてください」と、エヴァ先生は話を続けました。

私たちは輪になりました。私の両側はペトラスとマルチナでした。先生は輪の真ん中に大きなロウソクを置きました。天井の電気を消し、ドレスのポケットからマッチ箱を取り出し、ロウソクに火をつけました。炎《ほのお》が立ち上がって、エヴァ先生の顔を照らしました。青ざめていました。

「みなさん、ようこそ……」エヴァ先生はもう一度言いました。

「私は、ビリーが来てくれるのを心から願っていましたが……それで、とても悲しいのです……」

教室のドアにノックの音が聞こえました。私たち全員がそちらを見ました。ドアはゆっくりと開かれていき、ビリーの姿が現れました。ビリーの首には、青いビロードの紐《ひも》が掛かっているようでした。ビリーの後ろには二人の人が立っていました。ジーンズのジャケットを着たジミーとジョニーです。

「ビリー！」、エヴァ先生は叫びながらドアに駆《か》け寄り、彼を抱きしめました。ビリーは、両手をだらりとたらしたまま突っ立っていました。

「ビリーは一人じゃ来れねぇと言うんでね……」と、兄の一人が言いました。

「それで、オレたちがついて来たってわけっす」と、もう一人が言いました。

エヴァ先生は、両腕を伸ばすと二人の兄たちの頰《ほほ》に触《ふ》れました。

「ビリーを連《つ》れて来てくれて……私は、今の気持ちをどう言い表したらいいのか分かりません……。本当にありがとう。ビリーも来てくれて、ありがとう！」

そのとき、グルップルムのドアがノックされました。エヴァ先生は、ジミーとジョニーに向かって言いました。

「あなたたちには心から感謝します。でも、もうここにいてもらう訳《わけ》にはいきません。ごめんなさいね……」

ビリーは、グルップルムのドアのノックを聞いて、首に掛かっているキーを握りしめました。そして、小声で言いました。

「ぼくが開けようか？」

ビリーは、キーを首から外《はず》すとドアの鍵穴《かぎあな》に差し込み、回しました。すると、把手《とって》が内側から押されてドアが開き、一人の少年が現れました。私たちと同じ年ごろでした。髪は黒でした。目は見たこともないような青でした。

「おお、マッズだ！」と、セルカンが叫《さけ》びました。「オットーだ！」とトッペが叫び、「ピエール！」とペトラスが叫び、マルチナは「ボリス！」と叫びました。それは、私にとっては「アンディ」でした。でも、私は黙《だま》っていました。床がぐらぐら動き、頭がくらくらするように感じられたからです。

少年は、私たち全員に向かって微笑《ほほえ》みました。その笑顔は、エヴァ先生にそっくりでした。

「おかあさん、ぼくたち急がなくてはいけないよ」

少年は、先生に向かって言いました。ジミーとジョニーは、まだ教室の中にいましたが、呆然《ぼうぜん》とした様子で虚《うつ》ろな目を見開いていました。

「オ、オレたち、校門で待ってるからな、ビリー」

二人は急にあわてて廊下《ろうか》に出ました。エヴァ先生は二人にありがとうを言い、ドアを閉めました。そして、左手の腕時計に視線《しせん》を走らせました。それは、あの砂時計でした。砂はまだ半分ほど残っていました。

「まだ、時間はあるわ」とエヴァ先生は言うと、少年に歩み寄り、その傍《かたわ》らに立って肩に腕を回しました。

「この子は私の子どもです。みなさんはもう知っているでしょう」

エヴァ先生の目は満足そうに輝いていました。私たちは頷《うなず》きました。

「私たちがここを去る前に、みなさんに伝えておきたいことが二つあります」

そう言って、先生は床に腰を下ろしました。少年も、先生の隣に座りました。

「最初はビリー、あなたに、もう一度お礼を言います。あなたのおかげで、私たちは自分の家に帰ることができます。あなたが来てくれなかったら、私たちはここにずっととどまっていなくてはなりませんでした」

「それはどうしてですか？」と、ビリーが尋ねました。

「このクラスは二四人でなければならない、と以前に私が言ったことを覚えていますか？」

私たちは頷きました。

「これを見てください」

エヴァ先生はブローチを外し、そのピンを使って砂時計の裏蓋《うらぶた》を開きました。そこには、非常に小さな字で「1」から「24」までが円形に彫《ほ》り込まれていました。

「それは何を表しているのですか？」セルカンが尋ねました。

「私たちが家に帰るための条件です。二四人の生徒のそれぞれが、一度ずつの旅行をすることです。みなさんは、それを成《な》し遂《と》げてくれました」と言う先生の顔は満足そうでした。

「でも、みなさんはきっと、なぜ生徒の数が二四人なのかと思っているでしょう」

私たちは頷きました。

「24は、私にとって特別の数です」

そう言うと先生は、一瞬《いっしゅん》目をふせて砂時計の裏を見ました。そこに、次に言うことが書いてあるかのようでした。そして、しばらく黙ったまま、私たちの顔を一人ひとり見まわしました。

「ずっと昔、別の国で、私は二四人の生徒のいるクラスを受け持っていました。ちょうどあなたたちのように、一人ひとりが賢《かしこ》くて素敵な子どもたちでした。その子たちの先生であることを、私は心から喜んでいました。けれども、あるときその国の政府が変わりました。その政府は、授業の内容をすっかり変えてしまいました。私たち教師は、それまで使っていた教科書を燃《も》やさなければなりませんでした。私の人生でもっとも辛《つら》い出来事で、心が締《し》めつけられるようでした。それらの教科書は、とてもすばらしい……」

先生の話の途中《とちゅう》で、少年が腕を引っ張りました。先生は、砂時計に目を走らせました。

「……それに代わって、私たちは国の歴史や文化をそれまでとは異《こと》なった内容で教えるように上から命令されました……世の中にはより高い価値《かち》をもっている人々と、より低い価値しかもたない人々がいると教えよ、世の中に存在する価値のない人々もいると教えよ、と命令されました」

エヴァ先生は、うつむいて話し続けました。声はずっと低くなり、泣いているようにさえ聞こえました。私は、そらしたくなる目を懸命《けんめい》に先生に向けていました。

「私は、その命令に従いました」

先生はそう言うと、突然《とつぜん》顔を上げて私たちを見まわしました。

「……私は、その命令に従いました。なぜかと言えば、私は臆病《おくびょう》で、政府を恐れていて、そして自分に自信がなかったからです。ただ、言われる通りにしたのです。自分の頭で考えるということを忘れてしまったのです。何が正しくて何が間違っているかの判断《はんだん》を自分でしなかったのです……私の言っていることが分かりますね?」

誰も、何も答えませんでした。

「生徒たちは、日を追うごとに、一人また一人とクラスから消えてゆきました。その子たちは、言うまでもなく低い価値の人とされたグループの子どもでした。これらの子どもたちに何が起こったのかは、いろいろのことが噂《うわさ》されていましたが、教室で話すことは一切できませんでした。ある日、私は教師を辞《や》める決心をしました。革鞄《かわかばん》だけを持って、誰にも知られないように学校を出ました。大急ぎで家に帰り、最低限《さいていげん》の身の回りのものをスーツケースに詰めました。その後は、警察に捕《つか》まらないように隠れていました」

エヴァ先生は、少年の髪を撫《な》でつけながら「あなたも覚えているわね?」と言いました。少年は頷き、先生の肩に頭を寄せました。

「ある日、食べ物を手に入れようと外出したとき、偶然《ぐうぜん》、私の先生だった人を見つけました。私はとても喜んで声をかけ、これまでに起こったことを話しました、受け持ちの子どもが次々と姿《すがた》を消したことなどをです。臆病《おくびょう》な自分に、とても後悔《こうかい》していることも話しました。先生はひとことも口にせず、ただじっと私を見つめているばかりでした。その目は、私の話が進むにつれて光を増していきました……。

私が物語を終わると、先生は自分の手首から腕時計を外《はず》して、それを私の手に付けながらこう言いました。

『この時計は、私が持っている一番値打《ねう》ちのある品物です。これをあげるから、取っておきなさい。この時計の不思議《ふしぎ》な力で、あなたは子どもたちにヨーロッパを見せてあげることができます。子どもたちに、自分自身の目でヨーロッパを見る機会を与え、お互いの体験《たいけん》を学び合う機会をつくってやりなさい……』

私は時計を使って、その先生と一緒に、私の最初のヨーロッパ旅行をしました。すばらしい旅行でした」

エヴァ先生は、なおも話し続けました。

「お母さん、もう本当に急がないと……」

少年は、エヴァ先生のドレスの袖《そで》を引っ張って、先生に砂時計を見せました。そして、自分は立ち上がりました。

「そうね、急ぎましょう」

エヴァ先生は、カテダンに脇に置いてあった革鞄を開きました。

「ヨーロッパ・ノートを返します。ビリーのおかげです……私が行ってしまえば、もう会うことはないでしょう。ノートは、私とあなたたちとが一緒《いっしょ》に過ごした日々のよい思い出になってくれると思います。ノートは、一ページがまだ空白のままです。それを、今日、家に帰る前に埋《う》めて欲しいと思います。ビリーが自分の旅行について話してくれます。いいですね、ビリー？」

ビリーは頷いてから、ぐっと唾《つば》を飲み込みました。

「先生、先生はどこへ行くのですか？」セルカンが尋ねました。

「家へです」

エヴァ先生は短く答えました。

「ビリー、私たちが行った後、鍵《かぎ》をかけてくださいね」

ビリーは頷きました。そして、「そのあと、キーはどうしますか？」と聞きました。

「記念に取っておいてください。あなたには、本当に感謝しているわ」

エヴァ先生は、カテダンの上に全員のヨーロッパ・ノートを積み上げると、空になった革鞄を片手に持って、グルップルムのドアの前で私たちと真っすぐに向き合いました。少年が、先生の空《あ》いているほうの手を取って、その横に立ちました。

「さようなら、私の生徒さんたち。このパーティーをありがとう」

「さようなら！」

私たちも、声を揃《そろ》えて叫《さけ》びました。

エヴァ先生がドアを開き、少年が手を振りました。先生の目に涙が光りました。そして、ドアが閉まって二人の姿が消えました。

ビリーはドアに鍵をかけ、キーを元のように首に掛けました。

私たちはもう一度輪になって座りました。誰も、何も言いませんでした。

ビリーがノートを配りました。私たちは、その最後のページを開きました。

ビリーも輪の中に座りました。ロウソクの炎がその顔を照らしました。

しばらくして、ビリーが旅行の報告を始めました。

小中学生の読者へ――訳者あとがき

あなたは、『ニルスのふしぎな旅』という作品を読んだことがありますか？　魔法の力をもつトムテにいたずらをしたために蛙《かえる》ほどの大きさの小人に変えられてしまった一四歳のニルス・ホルゲルソンという男の子が、ガンの群れに加わって大空に飛び立ったモルテンという名前のガチョウの背中に乗って、スウェーデン中を旅行するという物語です。小人に変えられたニルスは、動物の言葉を理解することができるようになっていたのです。

この物語を書いたのは、セルマ・ラーゲルレーヴという女性の作家で、一九〇九年には、女性として最初のノーベル文学賞受賞者となった人です。では、ラーゲルレーヴさんはなぜこの物語を書いたのでしょう。スウェーデン国民学校協会という団体から、子どもたちのためのスウェーデンの歴史や地理についての読み物を書くように頼まれたからです。今から約一〇〇年前の一九〇二年のことです。

二〇世紀初めのスウェーデンでは、全国に教育を普及《ふきゅう》させるための努力が続けられていました。とくに、地方の村や町では学校も少なく、学校に通う子どもは七人に一人くらいでした。そのため、多くの子どもたちは、スウェーデンの歴史や地理についても、地域によって人々がどんなに異《こと》なった生活をしているかについても、ほとんど知りませんでした。また、知ろうとしても適当《てきとう》な教科書がありませんでした。ラーゲルレーヴさんは、スウェーデンの未来を担《にな》う子どもたちが自分の国についてよく知っていなくてはいけないと考えました。しかし、何を知っているべきかを決めるのは簡単なことではありませんでした。ラーゲルレーヴさんは、この作品のために準備に準備を重ねました。そして、四年後の一九〇六年に第一部（一～二一章）を、翌一九〇七年に第二部（二二～五四章）を発表しました。

ラーゲルレーヴさんは、少年ニルスにスウェーデン全土の旅行をさせましたが、『ニルスのふしぎな旅』は単なる旅行記ではありません。スウェーデン各地の動物や植物に多くのページが費《つい》やされました。それを通して、南北に長く伸びるスウェーデンの気候や四季の変化を描きました。動物たちの生態《せいたい》や性格ばかりではなく、動物たちが何を考え、何を願いながら生きているかを、動物の口を借りて子どもたちに語りました。動物と人間は、同じ自然を共有して生きている仲間だからです。

各地に伝わる神話、伝説、昔話、寓話《ぐうわ》も、全編に散りばめられました。いずれも味わい深い、読む者の心にしみ入る内容のものです。ラーゲルレーヴさんは、人々が長い年月を通して伝え続けてきたお話の中に、スウェーデン人が大切にしている生き方、考え方があることを子どもたちに分かってもらおうとしたのです。

『ニルスのふしぎな旅』は、非常な好評《こうひょう》をもって迎えられました。子どもばかりではなく大人にも読まれました。そして、スウェーデンばかりではなく広く外国でも読まれました。もちろん、日本でも読まれました。日本で最初の翻訳《ほんやく》が出たのは一九二八年のことでした。それから今日までの間に幾種類もの翻訳がなされ、出版は途切れることなく続いています。

一九九四年にノーベル文学賞を受賞した大江健三郎《おおえけんざぶろう》さんは、ストックホルムでの受賞講演を、子どものときにこの作品を読んだ思い出から始め、それから受けた非常に大きな影響について語っています。みなさんも、『ニルスのふしぎな旅』をぜひ読んでみてください。すばらしい読書体験が得られることを請《う》け合います。

二〇〇二年、ラーゲルレーヴさんが執筆《しっぴつ》の依頼《いらい》を受けてから一〇〇年経って、スウェーデンの幼稚園から大学までの先生の団体である「レーラル・フォルブンデット」（Lärarförbundet＝レーラルは教師、フォルブンデットは団体）は、現代のスウェーデンの子どもたちのために、一〇〇年前の『ニルスのふしぎな旅』と肩を並べられるような、新しい読み物をつくろうという企画《きかく》を立てました。そして、これを一般から募集《ぼしゅう》したのです。そのテーマは「現代のヨーロッパ」、その読者は小学五年生です。当選作品は印刷してスウェーデンの五年生の全員に無料で配られ、その作者は賞金をもらえるという内容です。この企画には、主催者として生涯読書推進《しょうがいどくしょすいしん》団体レース・フォー・リーヴェット／レースルーレルセン（Läs för Livet/Läsrörelsen）と教科書出版社リーベル（Liber）が加わりました。また、製紙会社アークティック・ペーパー（Arctic Paper）とデンマークの印刷会社ノルホーヴェン・ペーパーバック（Nørhaven Paperback A/S）が協賛《きょうさん》しました。

今日のヨーロッパは、非常な速度で大きく変化しています。とくに、EU《イーユー》加盟国の増加にともなってその姿はどんどん変わっています。あなたは、EUとは何かを知っていますね？　そうです、ヨーロッパの国々が共同でつくり上げた一つの社会です。EUに加盟する国々は、共通の法律や通貨《つうか》をもっています。それらの国々の国民は、お互いに国境に妨《さまた》げられずに自由に行き来できるばかりでなく、好きな国で就職《しゅうしょく》をすることもできます。スウェーデンも、一九九五年にEUに加盟しました。その当時の加盟国数は一二ヵ国でしたが、二〇〇五年の現在では二五ヵ国に増えています。そして、近い将来にはさらに増えようとしています。

こうしたことは、スウェーデンの子どもたちにとって、全体としてのヨーロッパを理解できにくくさせています。一〇〇年前のスウェーデンの子どもたちがスウェーデンについてもっと知っている必要があったのと同じように、今日のスウェーデンの子どもたちはヨーロッパについて新しい知識《ちしき》をもち、正しい理解をもつことを求められている、とスウェーデンの先生たちは考えたのです。

この企画には二六作品の応募《おうぼ》がありました。その中から、本書『エヴァ先生のふしぎな授業』が当選作品に選ばれました（原題は『フリューケン・ヨーロッパ（Fröken Europa）』。フリューケンは女性教師のこと）。レーラル・フォルブンデットが発行している新聞〈レーラルナス・ティードニング〉は、当選発表をする記事に「ヨーロッパ先生＝私たちの時代のニルス・ホルゲルソン」という見出しを付けました。そこには、期待通りのすぐれた当選作が得られたという自信と満足がうかがえるようです。

審査《しんさ》に当たった先生方は、この作品についておおむね次のように言っています。

「これは、ごく普通の五年生のクラスが、不思議《ふしぎ》な先生のもとで、不思議な手段で行われる旅行を通じて、二〇世紀のヨーロッパを学習するという作品です。作者は、子どもたちの性格をゆたかに描き分け、一人ひとりに個性を与えています。子どもに特有《とくゆう》の考え方、行動、心配や不安、それに立ち向かう工夫や知恵を見事に表現しています。生徒同士の関係、生徒と教師の関係、生徒と家族との関係などを巧《たく》みに組み合わせ、読みやすく、ユーモアとスリルとにあふれた物語をつくり上げました。その中に、自然な形でヨーロッパの知識や民主主義の重要性を織《お》り込みました。そして、普通の学校の教室のドアが、広い世界に向かって開いていることを示しました」

作者、シェシュティン・ガヴァンデル（Kerstin Gavander）さんは、一九六九年にスウェーデン南部のブレーキンゲ県で生まれました。職業は小学校の教師です。また、子ども向けの小説を書く作家です。二〇〇三年には、ガヴァンデルさんの最初の作品『ロッパンと氷の王女（Loppan och isprinsessan）』が出版されました。

ガヴァンデルさんが勤めているのは、首都ストックホルムにあるエンゲレスカ・スクーラン・ノルです。この学校は、幼稚園から中学三年生までの私立の学校で、全部で約五〇〇人の生徒がいますが、外国出自《しゅつじ》の子どもが大勢いること、授業がスウェーデン語と英語の二ヵ国語で行われることが特徴だそうです。

ガヴァンデルさんは四～五年生にスウェーデン語を教えています。本書の舞台となっている5Aクラスには、セルカン、マリアム、ダンネなどの中東系の子どもがいて大いに活躍しますが、それはきっとガヴァンデルさんが教えているクラスの姿を映しているにちがいありません。子どもたち一人ひとりの生き生きとした描写は、この作品の大きな魅力《みりょく》です。

また、日本の読者である私たちには、スウェーデンの学校の様子にも興味が引かれます。グルップルム、ラスト・ヴァクト、食堂での給食、校外活動の様子、始業式・終業式の様子など、日本の学校とはさまざまな点で違いが見られるからです。

本書は、そういうクラスの担任になったエヴァ先生が、一人ひとりの生徒を不思議《ふしぎ》な方法を使ってヨーロッパの国々に旅行させ、学ばせるという物語です。不思議なのは、旅行の方法だけではありません。主人公の一人クリスティーンが「エヴァ先生には秘密《ひみつ》がいっぱいある」と言っているように、エヴァ先生そのものが不思議に満ちた人物です。どこから来たのか、どこに住んでいるのか、なぜ教室から一歩も出ないのか、年齢は本当はいくつなのか？しかも、読み進めていくと、本書の終わりのほうでエヴァ先生はスウェーデン人ではないらしいことが語られます。では、どこの国の人なのでしょう。そして、もし先生の話が正しいとしたら、先生は今ではもう九〇歳を超《こ》えているのではないかと思えるのですが、そんなことがあり得るのでしょうか？　5Aの生徒たちと同じくらいの年齢らしい少年の母である、あの若々しく優雅《ゆうが》なエヴァ先生が……。

本書は、二〇〇四年八月の新学年の開始にあわせて、全国の約一一万人の五年生に配られました。新聞〈レーラルナス・ティードニング〉には、子どもたちはこの作品にすっかり魅《み》せられ、夢中で読んだという記事が載《の》りました。私の翻訳《ほんやく》を助けてくださったインゲル・スンドベリィさんは地方のコミューン（市町村）で小学校の先生をしていますが、その学校の子どもたちは「ボクたちもこんなグルップルムが欲しい！」と異口同音《いくどうおん》に叫んだそうです。この感想には、みなさんも共感するのではないでしょうか。

しかし、スウェーデンの主だった新聞に発表された書評《しょひょう》は、以下のような点を批判的《ひはんてき》に取り上げました。

——新しいヨーロッパをテーマにすると言いながら、取り上げている国はほとんどが古いヨーロッパではないか。

——文学的作品が求められていたはずだが、この作品は文学というよりも、うそをついてはいけない、協力しなければいけないなどとお説教《せっきょう》ばかりだ。

——子どもたちが旅行した国で見たり聞いたりしたことが本当に必要な知識なのか。作者の選択《せんたく》は、ありきたりで不適切《ふてきせつ》だ。

——先生のエヴァをはじめ、お行儀《ぎょうぎ》のいい生徒たちの名前はキリスト教の伝統《でんとう》にそった名前だが、行儀の悪い生徒やその兄弟の名前はビリー、ジミー、ジョニーなどとアメリカ風なのはどういうことか。

こうした批判が正しいかどうか、また何を意味しているかは、今のみなさんにはよく分からないかもしれません。少しでも分かりたいならば、先生やご両親に聞いてみてください。訳者としての私は、これらの批判に同意しません。たしかに、こうした疑問を批判的に提出することはできます。たとえば、現在三六あるヨーロッパの国・地域のうち、この作品が具体的に取り上げたのは一一ヵ国だけですから、それでは不十分だと指摘《してき》することは簡単です。また、デンマークについて一番重要な知識の一つが人魚姫の像《ぞう》なのか、と疑問を出すことも簡単です。しかし、一一ヵ国に付け加えるべきなのはどの国なのかや、人魚姫の像に代えて何を取り上げるべきかを言うことは簡単なことではありません。

どの国にも、取り上げられるべき事柄がたくさんあるでしょう。したがって、それぞれの国について、これも大事あれも大事と取り上げていけば批判をした人たちを満足させることができるかもしれませんが、その結果として本の厚さは何倍にもなり、内容も、五年生の子どもの読み物ではなくて、事典のようなものとなってしまうのではないでしょうか（そういうものなら、すでにたくさんあります）。さらに、事典のようなものに文学の性格を与えることは、セルマ・ラーゲルレーヴさんのような能力のある作家にとってもほとんど不可能な課題です。

私は、ガヴァンデルさんの児童文学作家としての才能を高く評価します。ガヴァンデルさんは、エヴァ先生という人物をつくりだし、スウェーデンの学校ならどこにでもあるグルップルムをタイムマシンの発着基地に変え、子どもたちを時間と空間を超《こ》えた外国へ旅行させ、そこでその国の歴史を直接に体験《たいけん》させるというすばらしいアイデアを着想し、作品として仕上げたのです。子どものためのヨーロッパ入門書として、このような本はこれまでありませんでした。

ガヴァンデルさんはこう語っています。

「私は、一〇歳前後の子どもについてはよく知っていますが、大人については知りません。ですから、私が書くのは子どもについてです。今回私は、ごく普通の学級と普通ではない女性の担任教師の物語をつくりました。私の願いは、この作品を読む子どもたちがヨーロッパを身近なものに感じ、もっと続けて学ぼうという興味を深めてくれることです……ですから、この企画《きかく》でもっともすばらしいと思うのは、五年生の全員がこの本を無料でもらえることです。けれども、子どもたちが一人で読むのではなく、ぜひクラスメート、先生、家族と一緒に読み、いろいろな議論や話し合いの機会をもってほしいと思います。そうした話し合いは、私が十分に説明していない多くの事柄や、この本で欠けているところを補《おぎな》ってくれるでしょう。とくに、民主主義についてはそうです。私はいくつかの章で民主主義の問題をテーマとしましたが、それは私が、民主主義について考え、議論し合うことはとても大事だと考えているからです」

訳者としての私の願いも、ガヴァンデルさんの願いと同じです。この本を読んでくれたあなたが、ヨーロッパについての興味を育て、より広くかつ深く学んでほしいということです。いいえ、より正確に言えば、ヨーロッパにかぎらずアジアでもアフリカでも、南北アメリカでも、太平洋や大西洋の島々であっても、日本の外に広がる世界に興味と関心をもち、その地域の国々や人々について学んで欲しいということです。というのは、あなたたちが大人になったときには、日本とそれらの地域や国々とのつながりは今以上に強く深くなり、そこに住む人々と理解し合い、仲良くなり、協力し合うことがこれまで以上に重要になるにちがいないからです。

最後になりましたが、私のために原書を入手し、さらにスウェーデンの学校施設や学校行事について懇切《こんせつ》な助言をくださった、在スウェーデン（レクサンド・コミューン）のインゲル・スンドベリィ（Inger Sundberg）さん、語学面での質問に答えてくれた在京の友人ハンス・カールソン（Hans Karlsson）氏、そして出版を引き受け、訳稿に厳しい検討を加えてくださった新評論の武市一幸社長の三氏に心からのお礼を申し上げます。

二〇〇五年一〇月三〇日

川　上　邦　夫

「訳者あとがき」のための参考文献一覧

・セルマ・ラーゲルルーヴ著『ニルスのふしぎな旅』一～四、香川鉄蔵・香川節訳、偕成社、一九八二年。
・大江健三郎さんの講演「あいまいな日本の私」、岩波新書、『あいまいな日本の私』（一九九五年）所収。
・『スウェーデン百科事典（CD－ROM、二〇〇〇年版）』の「セルマ・ラーゲルルーヴ」および「フォルクスクーラ」の項。
・レーラル・フォルブンデットのホームページに以下の日付で掲載された記事（二〇〇三年九月一七日、二〇〇四年五月一八日、二〇〇五年三月一四日）。
・レーラル・フォルブンデットの新聞〈レーラルナス・ティーニング〉の以下の号に掲載された関連記事（二〇〇三年一一月二七日号、二〇〇四年八月二五日号）。
・オーサ・リンデルボリィの書評（新聞〈アフトンブロデット〉二〇〇四年九月六日号）。
・ウッラ・ルンドクヴィストの書評（新聞〈ドーゲンス・ニューへーテル〉二〇〇四年一〇月四日号）。
・ヤン・ハンソンの書評（新聞〈スヴェンスカ・ドーグブロデット〉二〇〇四年一二月六日号）。

訳者紹介

川上　邦夫（かわかみ・くにお）

著述業。名古屋市生まれ（1938年）。

法政大学文学部哲学科卒業（1962年）。

アジア経済研究所勤務（1962年～1990年）。

スウェーデンにて地方自治を研究（1991年～92年）。

著書に『シュルク・スクーラン１年生――父と子が体験したスウェーデンの小学校』（民衆社、1994年）。

訳書にA・リンドクウィスト・J・ウェステル著『あなた自身の社会――スウェーデンの中学教科書』（新評論、1997年）。

ブー・ルンドベリィ他著『視点をかえて――自然・人間・全体』（新評論、1998年）。


視覚障害者がより広く利用できるよう、この本をテープ録音すること、点訳すること、または拡大コピーすることを許可します。ただし、営利を目的とする場合はこの限りではありません。

（訳者・出版社）

エヴァ先生のふしぎな授業

2005年11月20日　初版第１刷発行　（検印廃止）

訳　者　川上邦夫
発行者　武市一幸

発行所　株式会社　新　評　論

〒169-0051
東京都新宿区西早稲田３－16－28
電話　03（3202）7391
振替・00160-1-113487

定価はカバーに表示してあります。

落丁・乱丁はお取り替えします。

http://www.shinhyoron.co.jp/

印　刷　フォレスト
製　本　桂川製本
装　幀　山田英春

Printed in Japan
ISBN 4-7948-0684-1 C8098

よりよくスウェーデンを知るための本

A.リンドクウィスト，J.ウェステル／川上邦夫訳
あなた自身の社会
A5 228頁 2310円 〔97〕
【スウェーデンの中学教科書】社会の負の面を隠すことなく豊富で生き生きとしたエピソードを通して平明に紹介し，自立し始めた子どもたちに「社会」を分かりやすく伝える。

B.ルンドベリィ&K.アブラム＝ニルソン／川上邦夫訳
視点をかえて
A5 224頁 2310円
ISBN 4-7948-0419-9 〔98〕
【自然・人間・社会】視点をかえることによって，今日の産業社会の基盤を支えている「生産と消費のイデオロギー」が，本質的に自然システムに敵対するものであることが分かる。

藤井　威
スウェーデン・スペシャル（Ⅰ）
四六 276頁 2625円
ISBN 4-7948-0565-9 〔02〕
【高福祉高負担政策の背景と現状】元・特命全権大使がレポートする福祉国家の歴史，独自の政策と市民感覚，最新事情，そしてわが国の社会・経済が現在直面する課題への提言。

藤井　威
スウェーデン・スペシャル（Ⅱ）
四六 324頁 2940円
ISBN 4-7948-0577-2 〔02〕
【民主・中立国家への苦闘と成果】遊び心に溢れた歴史散策を織りまぜながら，住民の苦闘の成果ともいえる中立非武装同盟政策と独自の民主的統治体制を詳細に検証。

藤井　威
スウェーデン・スペシャル（Ⅲ）
四六 244頁 2310円
ISBN 4-7948-0620-5 〔03〕
【福祉国家における地方自治】高福祉，民主化，地方分権など日本への示唆に富む，スウェーデンの大胆な政策的試みを「市民」の視点から解明する。追悼　アンナ・リンド元外相。

河本佳子
スウェーデンののびのび教育
四六 256頁 2100円 〔02〕
【あせらないでゆっくり学ぼうよ】意欲さえあれば再スタートがいつでも出来る国の教育事情（幼稚園～大学）を「スウェーデンの作業療法士」が自らの体験をもとに描く！

伊藤和良
スウェーデンの分権社会
四六 263頁 2520円
ISBN 4-7948-0500-4 〔00〕
【地方政府ヨーテボリを事例として】地方分権改革の第2ステージに向け，いま何をしなければならないのか。自治体職員の目でリポートするスウェーデン・ヨーテボリ市の現況。

伊藤和良
スウェーデンの修復型まちづくり
四六 304頁 2940円
ISBN 4-7948-0614-0 〔03〕
【知識集約型産業を基軸とした「人間」のための都市再生】石油危機・造船不況後の25年の歴史と現況をヨーテボリ市の沿海に見ながら新たな都市づくりのモデルを探る。

ペール・ブルメー&ピルッコ・ヨンソン／石原俊時訳
スウェーデンの高齢者福祉
四六 188頁 2000円
ISBN 4-7948-0665-5 〔05〕
【過去・現在・未来】福祉国家スウェーデンは一日して成ったわけではない。200年にわたる高齢者福祉の歩みを一貫した視覚から辿って，この国の未来を展望する。

飯田哲也
北欧のエネルギーデモクラシー
四六 280頁 2520円
ISBN 4-7948-0477-6 〔00〕
【未来は予測するものではない，選び取るものである】価格に対して合理的に振舞う単なる消費者から，自ら学習し，多元的な価値を読み取る発展的「市民」を目指して！

※表示価格はすべて税込み定価・税５％。